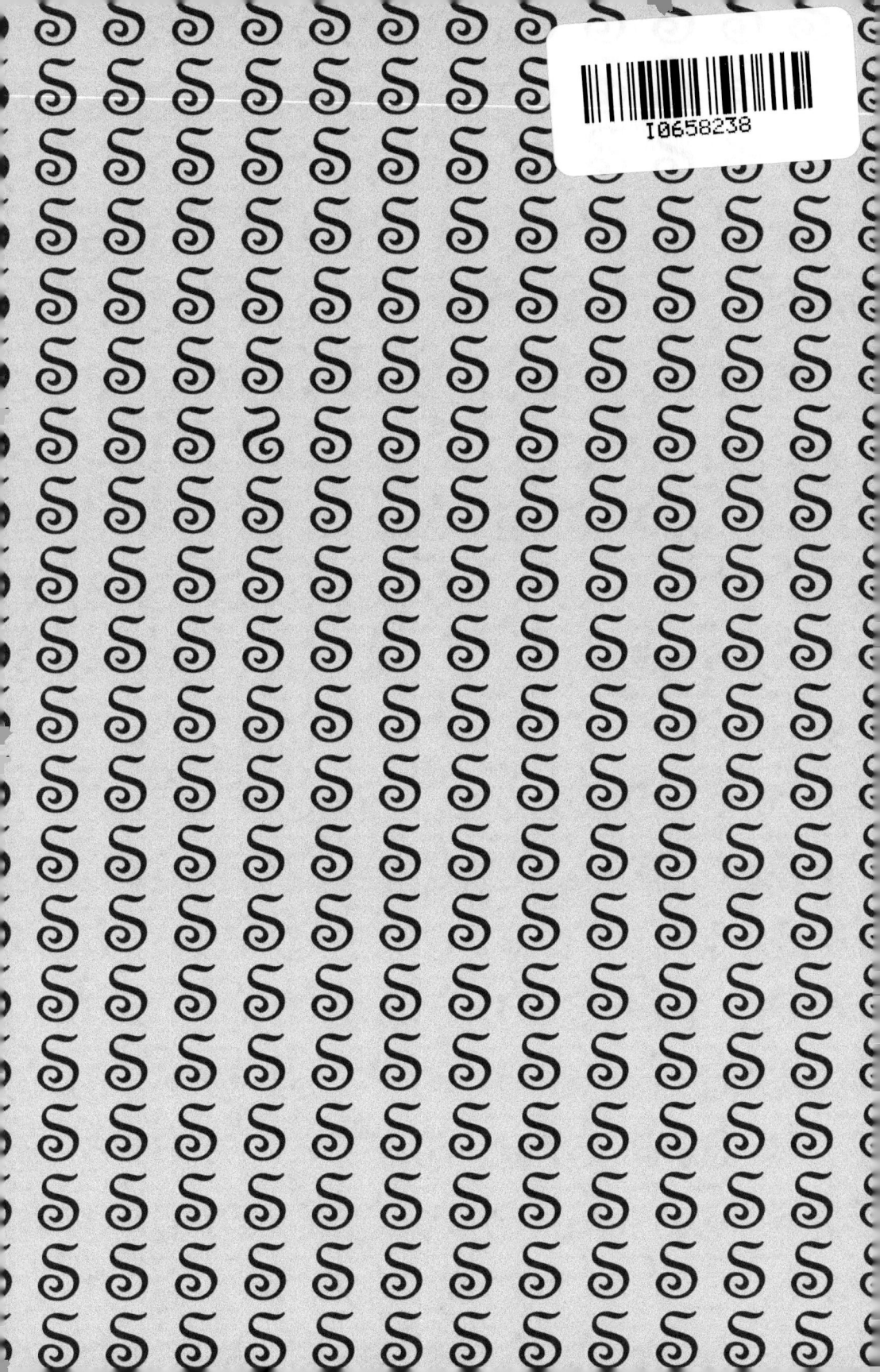

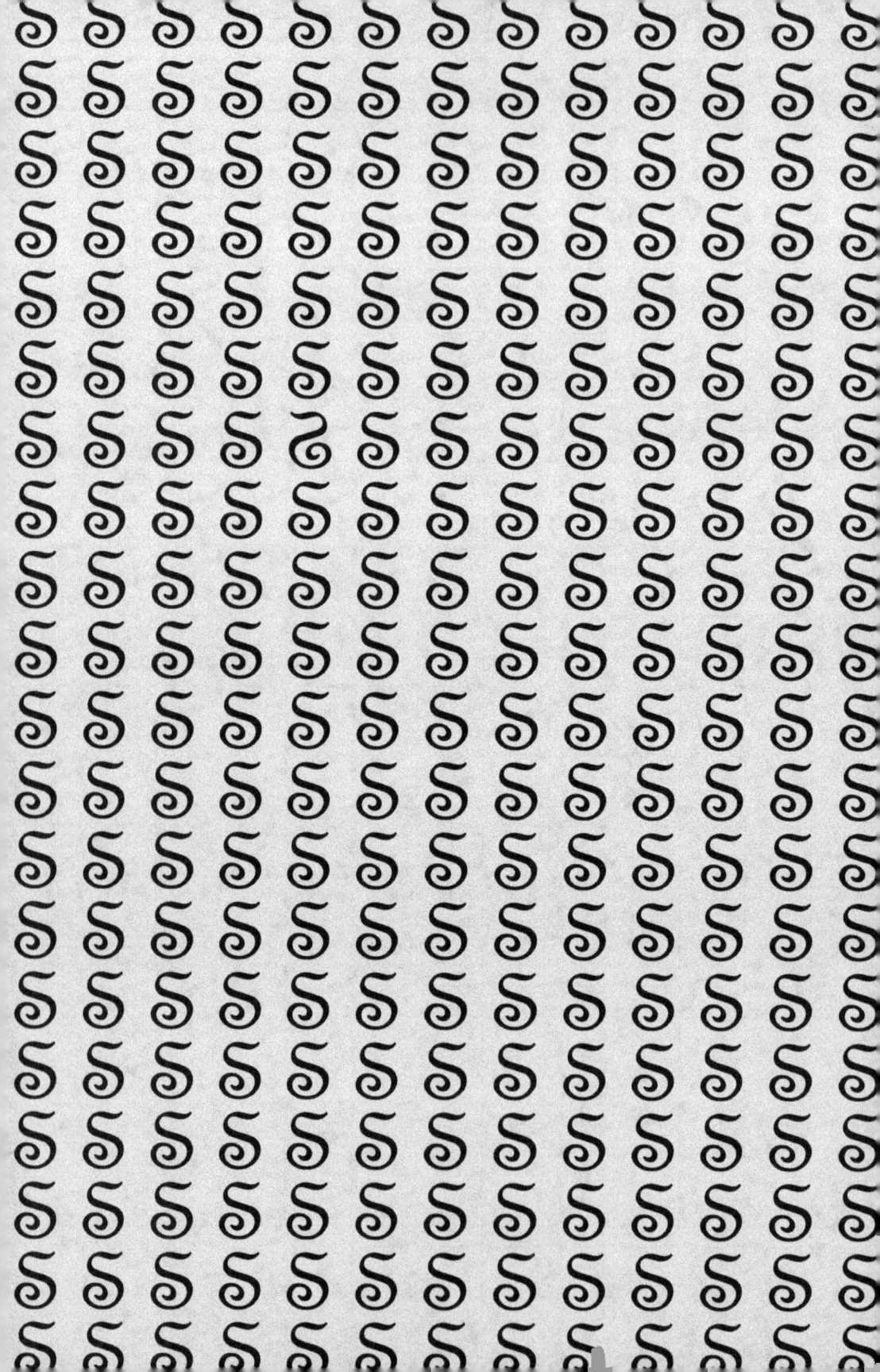

Aritos
de
Perla

Aritos de Perla

Eric Adolfo Soto Lavín

Editorial Segismundo

S

© Editorial Segismundo SpA, 2015-2021

Aritos de Perla
Eric Adolfo Soto Lavín
Colección Cuenteros al Sur del Mundo, 3

Primera edición: Abril 2015

Versión: 2.6

Copyright © 2015-2021 Eric Adolfo Soto Lavín

Contacto: Juan Carlos Barroux R. <jbarroux@segismundo.cl>

Edición de estilo: Juan Carlos Barroux Rojas

Diseño gráfico: Juan Carlos Barroux Rojas

Fotografía de portada: Mauricio Avaria Silva

Diseñador de la portada: Juan Carlos Barroux Rojas

Fotografía de contraportada: Susana Soto Lavín

Registro Propiedad Intelectual N° 245.267

ISBN-13: 978-956-9544-08-8

Otras ediciones de

Aritos de Perla:

Impreso en Chile
ISBN-13: 978-956-6029-61-8

Tapa Dura – Amazon™, etc.
ISBN-13: 978-956-9544-09-5

POD – Amazon™, EBM®, etc.
ISBN-13: 978-956-9544-08-8

eBook – Kindle™, Nook™, Kobo™, etc.
ISBN-13: 978-956-9544-40-8

*«A Mauricio, curador de buenas ideas
y principal impulsor de mi sueño literario».*

Prólogo

*C*ada una de las historias contenidas en este volumen tiene un origen similar a las presentadas en mi anterior compilación de cuentos[1]. Es decir, está basada en un fragmento encapsulado de la realidad. Uno que, en algún momento de mi existencia y acaso en forma involuntaria, fue almacenado en un rincón dentro de mi mente. Hasta el momento, si han leído el libro de marras, más de alguien podría sospechar que sólo estoy reciclando la misma idea. Sin embargo, ahora es posible aclarar que, mediante nuestros sentidos, nos dedicamos durante toda nuestra vida a la acumulación de fragmentos que, de un momento a otro, sólo constituyen simples recuerdos y, más adelante, si éstos todavía permanecen accesibles, se transforman en puntos de referencia que muchas veces nos permiten *recrear* una anécdota o una vivencia real. La *recreamos* porque sólo nos basamos en los puntos de referencia y,

---

[1] *Parpadeos Vitales*, Septiembre de 2014, Editorial Segismundo.

talvez por lo mismo, nuestra versión de un hecho en particular no siempre será igual; mucho menos si la comparamos con la versión de algún otro observador. Porque, a fin de cuentas, nuestro entorno es mucho mayor que la suma de las partes que percibimos. Ahora, al retomar la idea original, podemos advertir que cada uno de estos fragmentos almacenados en nuestra mente tiende a permanecer en un estado latente… que puede durar años, meses o, en algunos casos, tan sólo unos cuantos segundos. De ahí en adelante, es difícil especular lo que ocurre. Quizás la mayoría de éstos sólo comienzan a degradarse con el transcurso del tiempo y finalmente desaparecen. Los tecnicismos en esta área nunca han sido mis vecinos más cercanos. Empero, cuando uno de estos fragmentos *colisiona* o *engrana* con otro recién almacenado, no siempre de similar procedencia, se inicia la vorágine creativa… una imparable reacción en cadena y la Inspiración en su forma más pura. En este proceso, el fragmento primigenio actúa como un voraz punto de acumulación, atrayendo a los más cercanos, asimilándolos y compenetrándose con éstos… hasta que, teniendo todos los elementos necesarios para madurar, florece y presiona para emerger de *alguna* forma al mundo real. En palabras más simples, amparándonos de forma muy modesta en el hecho fortuito que un día lejano *quizás* permitió nuestra existencia sobre este azulado planeta, ocurre una Pequeña Explosión… una que permite la creación de un diminuto universo -a veces tan sólo una escena de aquél- que, pese a su increíble parecido con el nuestro, no es posible superponerlo o encajarlo en éste. Dada su gestación, no podría ser de otra forma. Así es como, en lo personal, concibo el casi inefable proceso de la creación literaria. Sin embargo, estos cuentos tienen algo distinto que los diferencia de los presentados en la colección anterior. Gracias a su temática urbana, excepto una o dos historias de ambientación más bien rural, es posible aterrizarlos; y, en cierta forma, intentar asimilarlos en nuestro entorno más inmediato. Y aquello nos puede llevar a cierta confusión. La mayoría de los lugares son reales. También, aunque con otros nombres, algunos de los personajes están inspirados en personas que viven entre nosotros, hasta ahora acaso indistinguibles entre la anónima multitud. Por tal razón, éstas son historias de carne y huesos. *Talvez* no sea en estricto rigor necesario, pero siempre es bueno dejar las cosas en claro para evitar malos entendidos *a posteriori*. Este es un libro de ficción y cada cuento debiera hablar por sí mismo, enseñarnos algo y, en cierta forma, enriquecer nuestra vida. Tan sólo eso. Nada más simple que aquello. Además, a pesar que cada persona tiene el inalienable derecho de hacer con *su* vida lo que le plazca, aunque siempre dentro de *ciertos* límites, me sorprendería sobremanera que alguien en particular se sintiera plenamente identificado con alguno de los pocos *villanos* de turno. Y, tal como dije al finalizar mi anterior prólogo, lo más importante es la impronta que cada uno de estos cuentos pueda o no dejar en nosotros. El pequeño grano de arena que seguirá rebotando incontrolable al interior de nuestra mente al momento de leer la última palabra escrita que, en definitiva, nunca será la última.

Eric Adolfo Soto Lavín
Puente Alto
Marzo de 2015

Sólo rutina

E ra cerca de las diez de la noche de un día otoño-invernal cuando, caminando por el Callejón del Muerto Feliz, un gato negro se cruzó repentinamente en mi camino. No obstante, después de engrifarse y enseñarme sus afiladas garras y lacerantes dientes, el muy cobarde procedió a esconderse tras unas cajas de cartón y tarros basureros cercanos a la oscura entrada hacia un deprimente *cité*, de los muchos que aún existen en el barrio de los inmigrantes europeos.

En aquel preciso instante, tras un breve lapso de notoria incertidumbre, recordé que también aquella era la noche de un *martes trece*, pero no me importó en absoluto pues nunca he sido supersticioso. Sin embargo, cerca de un par de minutos más tarde, me abstuve de pasar bajo una escalera de madera que entorpecía mi libre deambular. Aquello ocurrió poco después de recordar cuando, en la mañana de aquel mismo día, por accidente hice trizas el espejo que utilizaba para afeitarme y estuve a punto de cortarme el cuello con la afilada navaja, de reluciente y efectivo filo láser, obtenida como recuerdo de un caso de homicidios en serie, que en dicho momento utilizaba con indudable y no menos excesiva sobredosis de cautela.

Acto seguido, sin dudarlo un efímero instante, resolví cruzar la calle para continuar a través de una ruta más despejada para mi cuerpo y espíritu. Pero en aquel preciso instante, un vehículo desconocido emergió sorpresivamente desde las anónimas penumbras de la noche, a una velocidad mucho mayor que la permitida en aquellos miserables suburbios donde caminaba en aquella ocasión.

Por supuesto, tal situación constituiría un hecho intrascendente y del todo aislado, si aquel mismo anónimo vehículo no hubiese desplazado aquel maloliente cúmulo de desperdicios e inmundicias, lanzándolos directamente hacia mi persona. Empero, tan sólo por un pequeño margen, logré escapar gracias a mis felinos y sorprendentes reflejos que, una vez más, fueron puestos a prueba.

«Es mi día de suerte», pensé en aquel frágil y fugaz instante. Sin embargo, poco antes de tocar tierra firme, resbalé sobre una gruesa cáscara de plátano, que alguien había arrojado descuidadamente sobre la calzada, precipitándome de bruces sobre aquella materia nauseabunda y asquerosa que los empleados de sanidad, por enésima vez, habían olvidado retirar desde aquel sitio luego de despejar parcialmente las alcantarillas.

Como mi honor y siempre pulcra presentación estaban en juego, después de levantarme con todo el cuerpo adolorido producto del severo y plástico impacto, resolví sacudir mi impermeable -fiel compañero de tantos años, penurias y sinsabores- para reasumir el trunco camino a casa, como si nada hubiese ocurrido. A pesar de la pringosa y hedionda humedad que eventualmente quedó adherida en gran parte de mi vestimenta.

Enseguida, casi al momento de concluir mi ocasional faena de limpieza con la ayuda de mi único pañuelo, tuve la mala fortuna de descuidar mi sentido arácnido al no vislumbrar aquel segundo vehículo, en aparente persecución del anterior, que desplazó aquel mismo charco de agua pestilente e inmunda hacia el sitio donde me ubicaba en aquel instante.

Como eventual reacción frente a los hechos bien consumados e irreversibles, con evidente disimulo y casi británica frialdad, sólo atiné a prolongar durante otro par de minutos el proceso de limpieza en mi vestuario.

¿Qué más podía hacer?

Al mismo tiempo, desestimando cualquier posible atisbo de amargura e ira emergente, todo lo referente a mi casi pulcra presentación previa pasó a un plano muy secundario en mi lista de prioridades más inmediatas. En aquel momento sólo deseaba llegar pronto a casa, para luego sumergirme durante horas, muchas horas, dentro del agua tibia de mi bañera. Sólo eso y nada más.

* * *

Desde hace varios años trabajo como investigador privado, pero para muchos sólo constituyo un simple y vulgar fisgón. Un individuo insensible que acostumbra deslizarse a hurtadillas, husmeando a diestra y siniestra e invadiendo privacidades ajenas, para manipular situaciones y reacciones a su individual conveniencia y según la codicia morbosa e insana del mejor postor. En palabras más simples, un mediocre mercenario y virtual parásito de la sociedad, que suele aprovecharse de los conflictos ajenos, casi al mismo nivel que algún estereotipado leguleyo o tinterillo de escasa monta.

Aunque ellos no conozcan realmente el medio donde habitualmente me desenvuelvo, es posible que posean algo de razón. Pues son los conflictos ajenos los que constituyen la razón esencial de mi trabajo y existencia. Sin embargo, la ética personal y profesional muchas veces me impide, aunque algunos no lo crean, la ejecución de ciertas tareas deleznables que muchos me suponen cotidianas. Además, como si lo anterior no fuese suficiente, nunca he disfrutado con morboso e insano placer de las desgracias ajenas. Bueno, casi nunca.

Los negocios son los negocios, nada más. Y, por salud mental, todo asunto personal debe relegarse a un segundo plano.

En todo caso, la vida siempre se ha formulado como una instancia muy dura para quienes nunca han disfrutado de los grandes y gratuitos privilegios, que sólo unos pocos afortunados poseen, para satisfacer sus básicas y ficticias necesidades. Pese a ello, este tipo de trabajo tiene sus compensaciones... Pocas, pero sin duda las tiene. Y en lo personal, nunca me he considerado una rémora de la sociedad; pero debo aprovechar al máximo las escasas oportunidades que a veces se presentan ante mí. Lamentablemente, como muchos otros, debo trabajar para vivir.

* * *

Cinco minutos más tarde, resolví encender un cigarrillo para escapar un poco al húmedo y frío medioambiente. Aquel otoño había sido demasiado húmedo, mucho más que lo habitual y el cigarrillo, como muchas otras veces, me serviría para evadir momentáneamente la realidad.

Una detención durante algunos breves segundos, junto a un abrigado escaparate exhibiendo la más sorprendente variedad de artículos inútiles que jamás haya visto, bastó para encender aquel cilindro de adictivo contenido. No obstante, antes de reasumir nuevamente el camino a casa, opté por observar el vecindario que me rodeaba en aquel singular instante. La perspectiva desde aquel sitio era única y siempre, desde que recuerdo, he sido un buen observador. Es la parte esencial de mi actual trabajo.

Acto seguido, al no detectar alguna característica sobresaliente digna de atraer mi atención, ajusté mi sombrero de paño importado y abotoné por completo mi gastado impermeable. Siempre resulta saludable cuidar hasta el más insignificante de los detalles que, en alguna instancia posterior, pueda inducir a un quiebre en nuestra salud personal. Por lo menos, mis padres siempre lo creyeron así…, aunque ellos nunca lo practicaron a cabalidad. Por lo tanto, de acuerdo a tal premisa, era muy necesario regresar lo antes posible hasta mi hogar para cambiar mi húmedo y maloliente vestuario. Además, una buena ducha con agua tibia también constituiría una acción apropiada pues, según recordé en aquel instante, la bañera estaba en muy malas condiciones y no podría utilizarla hasta que arreglara esos agujeros de bala de la semana pasada.

De pronto, al observar a una joven pareja que discutía cerca de un zaguán, me acordé de una de las personas que durante la mañana de aquel mismo día había visitado mi humilde despacho. Aquella fue una guapa chica que deseaba vigilar a su esposo. Según los pocos antecedentes que ella disponía, más intuitivos que concretos, el insensible crápula la engañaba con su secretaria. Situación no demasiado extraña puesto que ella había sido antes su secretaria. Empero, después de explicarle en dos o tres ocasiones que ya no efectuaba tal tipo de trabajos, desde aquel confuso incidente que protagonicé en el barrio chino hace unos tres o cuatro años, le entregué las señas de mi amigo Wanderley Peláez... que sí dispondría de muchos recursos y de gente apropiada para dedicar a tal propósito.

Desde hace un par de años yo trabajo solo, desde que mi socio escapó en dirección al Caribe con el dinero de un rescate impago y nuestra voluptuosa secretaria, con lo cual una vigilancia de aquella índole me gastaría todo mi escaso tiempo disponible y quizá algo más. Sin embargo, después de explicarle con lujo de detalles mi situación, la sensual y atractiva chica me agradeció la deferencia que otorgué a su problema y yo quedé mucho más tranquilo pues sabía que Wanderley no me defraudaría. Nunca antes lo había hecho y, con franqueza puedo decir, la chica se veía realmente desesperada. Tanto, incluso, que estuve a punto de hacerle el favor... Pero me arrepentí justo a tiempo.

La chica se despidió lanzándome un seductor beso a través del aire y luego, contoneando sensualmente sus estupendas caderas, salió de mi despacho. En aquel instante estuve a punto de cortar las *huinchas* y lanzarme tras ella, pues casi no podía soportar que aquel bombón entrara y saliera tan rápido de mi vida sin intentar algo más. Pero, tal como dije antes, me arrepentí durante un microsegundo de lucidez, decidiendo entonces contar hasta cien mil antes de efectuar cualquier maniobra precipitada. Fue lo más apropiado pues, después de tanto tiempo en las calles, aquel ya no era mi estilo.

Poco antes de cruzar la sombría calle conducente al maloliente y peligroso barrio latino, observé con mucha detención hacia diestra y siniestra, pues deseaba evitar una situación tan desagradable como la ocurrida minutos previos... Mucho tiempo tardaría en desaparecer aquel pestilente aroma desde mis ropajes e inmediatos recuerdos. Aquello era algo más que seguro en aquel instante, pero por completo inevitable. No obstante, mis sentidos me indicaban casi con enfermiza insistencia que algo ocurriría en ese tiempo y lugar. Es bastante difícil de precisar cuándo una sensación como aquella invade y perturba nuestra mente, pero indudablemente nos ayuda siempre a mantener todos nuestros sentidos en estado de máxima alerta.

De pronto, casi en un abrir y cerrar de ojos, el cuerpo de un hombre joven y bien vestido se precipitó hacia el vacío desde la terraza del edificio más cercano, para caer tan sólo a un par de metros de mi actual posición. En esta ocasión, mi intuición había resultado del todo acertada y el pobre tipo estaba literalmente *hecho bolsa*. Nunca faltan los suicidas, especialmente dentro de los sectores más populosos de nuestra ciudad. Es un hecho bien conocido y casi inevitable. Además, no me dejaría engañar por el cuchillo que tenía incrustado en su espalda, ni por el hecho de tener ambas manos fuertemente amarradas con alambre de púas. Mucho menos me dejaría influenciar por los numerosos impactos de bala en su cuerpo, ni la gruesa soga alrededor de su cuello; junto a los pesados e incómodos zapatos de concreto. Aquel individuo era un suicida y aquello era lo definitivo. Mi experiencia previa así lo indicaba.

En realidad, según recuerdo en este momento, nunca he simpatizado con los suicidas, mucho menos ahora que he visto tantos de ellos y en situaciones tan inverosímiles. Según mi opinión, humilde por cierto, ellos sólo constituyen un grupo de seres inadaptados que pretenden torcer la mano al destino, complicando con adicional ironía el escaso bienestar de sus familiares, amigos e incluso de simples y ocasionales testigos.

¿Por qué siempre optan por la espectacularidad? ¿Resulta tan complicada, o poco atractiva, la idea de suicidarse en forma anónima y en algún sitio apartado?

Con real certeza, creo que jamás sabré la respuesta ni conoceré los cambios emotivos que suelen impulsar la concreción de un acto de suicidio, pero aquello me tiene sin cuidado pues *por ahora* aquel no es asunto mío.

Por fortuna, las salpicaduras de sangre que se enquistaron en mi húmedo traje no fueron demasiadas. Y, como los anuncios radiales siempre lo indican, sólo sería necesario utilizar algún buen quitamanchas para retirarlas, uno de conocida y eficaz marca internacional.

Enseguida, la escasa gente que todavía circulaba por las cercanías comenzó a rodear el cuerpo del suicida. Uno de los sujetos le tomó el pulso; y una voluptuosa chica intentó darle respiración boca a boca, mientras hurgaba entre sus vestimentas en busca de su billetera. Después de pensarlo durante algunos breves segundos, decidí alejarme con rapidez desde aquel sitio. Al llegar la policía, era indudable que buscarían algún testigo presencial de la caída... y en aquel instante no me encontraba de muy buen humor para declarar, una y otra vez, en las húmedas e inhóspitas dependencias del edificio de policía más cercano al sitio del accidente.

Finalmente, cansado por la fatiga de un día con arduo trabajo burocrático y mínimo descanso, retiré el remanente del cigarrillo que aún conservaba entre mis labios, acomodé las solapas de mi impermeable y, con la rapidez y discreción que siempre me han caracterizado, reasumí el interrumpido camino a casa con la vaga esperanza que el siguiente fuese un mejor día, no tan rutinario y aburrido como aquel que concluiría en breves minutos.

Sueño consumado

C on esa tranquilidad que siempre lo había caracterizado frente a los más grandes e importantes auditorios, Ludwig esperaba tras bambalinas mientras el presentador oficial enunciaba, uno tras otro, los éxitos más recientemente alcanzados y todos los galardones obtenidos durante su prolífica y bien ponderada carrera. Sin duda, pese a la sensación de relativa incomodidad que tal tipo de ceremonias inducía a menudo en Ludwig, aquel era el obvio recibimiento para un artista que durante lustros había permanecido ausente de los suelos maternos.

De pronto, al observar a un niño pequeño que lo miraba con indiscutible curiosidad desde la entrada al pasillo de los vestidores y cuartos de utilería, se sintió transportado casi por encanto a su lejana primera infancia, cuando los sueños y las esperanzas colmaban toda su incipiente vida.

Según su precaria percepción de aquel entonces, que más tarde justificó retrospectivamente en base a los pocos antecedentes que perduraron en forma tangible, su padre había sido un músico brillante y talentoso. Sin embargo, él siempre permaneció inmerso dentro del medio artístico local y, por lo mismo, aquello le impidió un reconocimiento a gran escala que indudablemente merecía con creces.

En aquellos tiempos no existían los grandes despliegues publicitarios de hoy en día y muchos talentos, quizás demasiados, se diluyeron frente al diario fragor por subsistir y procurar el necesario sustento a los suyos. Del mismo modo, reposando con insensible letargo en sus descuidadas estanterías, muchas de sus obras -algunas de excelsa calidad- fueron carcomidas por las inclemencias del tiempo, y finalmente olvidadas por la indiferencia de sus legos contemporáneos.

Era indudable que aquel era el inmerecido destino compartido por muchos grandes hombres. Pero, según sus recuerdos y algunos pocos testimonios gráficos que el tiempo no logró destruir, su padre siempre había sido respetado por la comunidad local e invitado a los principales actos sociales efectuados a principios de siglo, casi en el albor de los *Años Locos*. Su nombre siempre fue honrado, no sólo por su trabajo musical sino también por su gran calidad humana. De hecho, nunca menospreció a persona o institución alguna y fue un hombre ejemplar, dedicado a su familia y a su trabajo que, al mismo tiempo, fueron sus dos grandes y únicos amores.

Ahora, quizás en el pináculo de su carrera, Ludwig recordaba cuando en las tardes, después de las horas del colegio, se escurría con curiosa ansiedad hasta la zona céntrica de la ciudad para asistir a las funciones vespertinas del cinematógrafo local. No era aquel cine espectacular, en cuanto a recursos y efectos que a diario hoy en día observamos, sino aquel más modesto en recursos pero inmensamente rico en creatividad: un cine donde el sonido aún no tenía asignado su anhelado espacio y donde todos los despliegues se manifestaban en blanco y negro, como normal y artístico contrapunto visual.

Las razones que lo impulsaban casi a diario en estas casi furtivas incursiones eran dos: la *magia* del cine aún era novedad en aquellos distantes tiempos de Charlie Chaplin y Buster Keaton, junto a otros inolvidables pioneros; y, la segunda, *su padre* entregaba el habitual acompañamiento musical en el antiguo Cine Condell.

—¿Qué deseas, pequeño? —preguntó el receptor de boletos en la entrada al cine la primera vez que Ludwig asistió.

—Vengo a escuchar a mi papá —respondió él, con la ingenuidad propia de su corta existencia.

—¿Y quién es tu *señor* padre, *jovencito*?

—Es quien toca el piano —indicó el pequeño.

—¡Ah! —exclamó con admiración el encargado de los boletos y lo dejó pasar.

De ahí en adelante, todos los empleados del cine lo reconocieron y nunca le impidieron la entrada. Las primeras veces, quizás por simple temor infantil en una época donde los castigos físicos eran ejemplares e inolvidables, se ocultó tras bambalinas, tal como hacía el niño desconocido que ahora lo espiaba, para escuchar la música de acordes clásicos mezclados con aires festivos y románticos, según la escena que se desplegaba sobre la pantalla gigante.

Ludwig nunca supo con certeza si su padre logró alguna vez enterarse de la regular asistencia de tan fiel y cercano espectador, pero sospechaba que sí. Hay cosas que para un padre no pasan inadvertidas. No obstante, él jamás efectuó comentario alguno al respecto, y todo aquello se traducía ahora sólo en dulces recuerdos que sin duda nunca olvidaría.

Ludwig observó su traje y apariencia en un espejo ahí dispuesto para tal propósito. Todo se mostraba perfecto para la ocasión, como siempre lo fue. Sin duda, un fiel reflejo de la imagen paterna.

El presentador, efectuando gestos aún más fastuosos que sólo aumentaba el relativo nerviosismo de Ludwig, concluía la formal presentación para el nuevo *Hijo Ilustre de la Ciudad*. Un nombramiento demasiado extraño para alguien que, por una u otra razón, vivió casi toda su adulta existencia en territorios distantes, virtuales antípodas, tanto en cultura como en ubicación geográfica.

Acto seguido, Ludwig ingresó con elegancia al escenario y, mediante un gesto adecuado y cortés, saludó a los presentes.

En aquel momento, recordó otros públicos y otros escenarios; otras culturas y otros rostros que, una y otra vez, esperaban siempre lo mejor de él. Un ambiente tácito que todo buen artista percibe en la atmósfera del lugar donde se presenta.

De pronto, mientras observaba el amplio auditorio que aplaudía sin cesar, una fantástica sucesión de acordes y melodías comenzaron a circular por su mente con embriagador énfasis: la perfección de Mozart, la emotividad de Chopin y la parsimonia de Tschaikovski, culminando con la majestuosidad de Wagner y Beethoven. Era innegable que cada una de aquellas melodías representaba parte de su vida: un agreste y tortuoso camino plagado de contratiempos y dificultades que fue superando, en forma paulatina y con indiscutible éxito, gracias a su particular fuerza de voluntad y entereza. Desde el principio, la vida nunca se le presentó como una instancia fácil y él siempre estuvo consciente de su posición frente a ella. Una historia que siempre se repite, una y otra vez, pero en diferentes contextos y realidades.

El piano, el instrumento tradicional más completo, lo esperaba con paciencia casi infinita sobre el escenario. Su cubierta brillaba con tenues reflejos que realzaban la perfección de sus líneas y, con una fascinación difícil de describir, lo invitaba a posar sus expertas manos sobre su atractivo teclado.

Era el momento adecuado para comenzar a ejecutar el espectacular concierto y, una vez más, se dejó transportar por las musas inspiradoras de su arte que siempre lo acompañaron en los momentos más determinantes. Un programa equilibrado de obras clásicas y contemporáneas que culminaría con la obra personal de mayor jerarquía. Se daba inicio a una presentación pulcra y perfecta, el mejor tributo a un padre que, desde algún lugar del cosmos, lo observaría con satisfacción e indudable orgullo.

Más tarde, al instante que la última nota de su ejecución se prolongaba hacia el silencio más absoluto dentro de la sala de conciertos, y antes que el monstruo de mil manos comenzara a festejar con entusiasmo la virtuosidad del músico, algo en su mente le pareció incongruente con aquella realidad y, de un segundo a otro, observó la inmensa y tranquila planicie que se proyectaba con asombrosa facilidad más allá del horizonte conocido, donde sólo habitaban demonios y entidades tan grotescas como desconocidas. La misma planicie que él acostumbraba observar todas las tardes, cuando la puesta del astro solar daba paso al crepúsculo vespertino, y éste a una noche plagada de nítidas y palpitantes estrellas.

Aquella escena visual siempre le indujo una paz espiritual casi sin límites que, en toda ocasión, lo ayudaba a construir fantásticos castillos de deseos y aspiraciones. Sin esfuerzo, sólo dejándose llevar por su infantil e ilimitada imaginación. Una y otra vez.

En aquel instante, cuando escuchaba los atenuados rugidos de las bestias salvajes a lontananza y una escuálida salamandra escapaba rápidamente a través de unos intersticios rocosos bordeados de musgo seco, lo sorprendió el estridente grito de su madre que, como todas las tardes en ese mismo horario, lo llamaba al seno familiar para tomar sus últimos alimentos del día. Una costumbre que poco a poco se había ido arraigando en la memoria racial de la especie, quizás desde el momento en que los alimentos dejaron de ser demasiado escasos en la región. Sin duda, un hito importante ocurrido gracias a la extraña e imprescindible forma de comunicación que ahora emergía en forma casi unificada y permitía el trueque de especies con sus vecinos más próximos y, con gran seguridad en un distante futuro, derivaría en algún dialecto o lenguaje masivo. Sólo el infatigable transcurrir del tiempo y las diarias necesidades del emergente *Homo sapiens sapiens* lo dirían.

Como respuesta al llamado materno, regresando en forma repentina a la tangible y excesivamente cruda realidad que a diario lo envolvía, Lu'wig se levantó desde la gran piedra plana donde acostumbraba reflexionar y, algunas veces, imaginar todos los sueños que de una u otra forma sólo serían factibles dentro de unos cuarenta mil años…, cuando la evolución de su especie así lo permitiera.

Por el momento, sin la manifestación explícita de algún otro suceso que lo distrajera, en muy pocos minutos estaría nuevamente junto a los suyos.

Barrera mental

L o he pensado durante varios días y, sin ocultar un poco la renuencia natural asumida en primera instancia, ahora lo acepto casi sin remilgos: soy un hombre de...mente; no de mente ejemplar sino demente, a secas. El proceso de aceptación ha sido lento, no es algo que se asuma todos los días y cuesta la primera vez —como muchas otras cosas que uno con deleite o morbosidad siempre recuerda—, pero tal es la realidad que enfrento ahora sin la opción tácita de evadir una vez más mi singular destino. Es curioso y, en lo personal, me resulta hasta casi divertido. Nunca creí en el destino y ahora lo acepto todo sin siquiera cuestionarlo.

Todo comenzó con aquella, literalmente, febril sensación que me afectó durante la última tarde de mi reciente permanencia en la austral ciudad de Valdivia. Al principio la consideré como el estado habitual de excitación que precede a los viajes terrestres demasiado prolongados; después lo achaqué a la posible presencia de un virus de complicada evolución y tratamiento.

Nada fuera de lo normal en esta moderna sociedad donde los virus y sus continuas mutaciones siempre están a la orden del día. Sin embargo, no cuestionaré los cuantiosos beneficios económicos que algunos individuos absorben de las frágiles víctimas, pues es un hecho demasiado conocido y me aparta del tema que deseo tratar.

Aquel malestar se presentó inicialmente como un envolvente dolor de cabeza e ignoro, en este preciso momento, la terminología médica usual para referirse a esta dolorosa sensación que parece cubrir todo lo que se ubica bajo la epidermis facial y cuero cabelludo. Reflexionando *a posteriori* y fuera de mi elemento, sospecho que pudo ser el efecto natural de alguna descompensación neurológica, pero aquella molestia desapareció pocas horas más tarde, cuando me hallaba incómodamente sentado en dirección a la capital en un viaje que, por lo menos, tardaría media rotación planetaria antes de llegar a mi destino.

Unos dos o tres días más tarde comencé a percibir extrañas sensaciones mientras intentaba conciliar el sueño, sin lograrlo alguna vez en forma plena. Cada noche se transformaba en un casi eterno martirio, una sucesión interminable de sobresaltos indescriptibles. Por momentos, mi entidad simbiótica parecía flotar en un tormentoso mar de angustias. Tanto en cuerpo como en chispa esencial, más nunca logré evitarlo. Fue un virtual estado febril, pero sin los síntomas externos usuales. En varias ocasiones, aunque ahora dudo al recordarlo, percibí varias manos que intentaban acercarse a mi camastro. Manos deformes y suplicantes que, de una u otra forma, intentaron rozar mi cuerpo pero sin éxito.

Al día siguiente todo parecía normal y en apariencia sólo evidenciaba los efectos de una majestuosa resaca, de esas que en mis tiempos de estudiante se sucedían cada fin de semana en forma casi religiosa. Empero, al avanzar las horas y acercarse de nuevo la oscuridad, un malestar general invadía nuevamente mi cuerpo presagiando otra noche intranquila por venir.

En las últimas horas del crepúsculo vespertino, buscando algo de tranquilidad, decidí recostarme y cerrar mis ojos para abstraerme un poco de la realidad. Fue en aquel instante cuando observé el fenómeno por vez primera. Digo por vez primera porque es habitual que, en tales condiciones, uno sólo observe formas y contrastes tenues carentes de algún significado más o menos concreto. Sin embargo, en esta ocasión ocurrió algo sutilmente diferente: una difusa luminosidad se manifestó en un punto cercano a la zona áurea de mi penumbroso rango de visión; su forma era vaga e indefinida, pero decidí concentrar todo mi interés y curiosidad en ella y comencé a ser testigo ocular de un hecho singularmente asombroso: los contrastes y sombras comenzaron a desplazarse entre sí y, poco a poco, la caricatura de un rostro humano empezó a formarse: los ojos, la nariz, la boca, las orejas y otros detalles se manifestaban con curiosa parsimonia como el producto de un extraño escultor. Sorprendido por aquella inesperada presencia, abrí bien mis ojos y todo se esfumó. Aún estaba en mi cuarto y todo parecía normal: era de noche y la fría luz de la luna se filtraba a través de los diáfanos cortinajes dispuestos en la ventana de mi habitación.

Durante aquella misma noche, en varias ocasiones intenté recrear las condiciones para repetir aquella inusual experiencia, pero todo fue en vano. Sólo observé algunas sombras y contrastes, pero carentes de la febril dinámica antes vislumbrada. El resto de la noche fue tan agitado como la anterior, y el despertar todavía más tortuoso.

A la noche siguiente todo fue más fácil, y en breves instantes logré el efecto deseado. De pronto observé una singular mancha grisácea, nuevamente en la zona áurea, que paulatinamente fue delimitando sus contornos. El rostro de la noche anterior no volvió a formarse: sólo una mancha psicodélica que palpitaba, rodeada de innumerables sombras y penumbras que la esquivaban y, al mismo tiempo, trataban de envolverla. No obstante, el procedimiento para propiciar su aparición era ya conocido. Lo ejecuté varias veces en forma exitosa, pero no fue posible extender la experimentación durante un lapso muy prolongado pues, al mismo tiempo, una envolvente neuralgia se apoderaba de toda mi cabeza. Fue algo espantoso mientras duró. Espantoso y agradable.

Durante la tercera noche todo fue más claro…, más oscuro en realidad. Nuevamente comencé a experimentar con mis visiones personales, quizás con simple e ineludible afán masoquista. El procedimiento ya me era conocido y, al efectuar pequeñas variaciones al mismo, los resultados comenzaron a presentarse sutilmente distintos. Diversos rostros en diferentes expresiones, unas más inhumanas que otras se sucedían, mas no al azar…, quizás en preconcebida secuencia programada para un fantasmal y lúgubre calidoscopio no accesible a simples ojos humanos. Imágenes recurrentes no esporádicas ni tampoco de espontánea y aleatoria gestación.

Al continuar con la experimentación observé siempre sólo siluetas grises, más bien en pocas tonalidades de grises que se entremezclaban, como antes mencioné, en preconcebido algoritmo. Todo lo recuerdo como si ocurriese ahora: aparece un grotesco mutante crucificado, con el rostro de un ave horrenda e indescriptible para quien *todavía* no lo ha visto; éste lucha tenazmente para liberarse de sus ataduras, desgarrando su propia ropa, piel y carne, pero la mutación continúa y su rostro es ahora el de una mujer, al igual que su voluptuoso cuerpo; sus plumíferas alas comienzan a desplegarse pero, antes de liberarse por completo de aquellos sarmentosos árboles, un pez voraz comienza a devorarla; los planos secundarios se desplazan entre sí y la semiesfera cambia de configuración. Quizás lo que advierto, según mi limitada perspectiva, sólo sea parte de una esfera de la cual no percibo el hemisferio inferior... sobre cuya superficie se proyectan las imágenes que me atormentan. Rostros viejos, feos y marchitos, se suceden cambiando en sexo, raza y expresión. Rostros preocupados, malvados, no todos grotescos; algunos muy humanos pero desconocidos. Les siguen unos rostros demoníacos que se asimilan los unos a los otros para formar nuevos monstruos, cada vez más grotescos. De pronto aparece el cuello y cabeza de un peligroso reptil del Jurásico, o quizás de algún mítico dragón, volteándose con asombrosa lentitud. Sólo sombras amorfas lo rodean y, al momento que sus ojos encuentran los míos, la expresión de maldad se transforma en una de súplica y su rostro se parece cada vez más al de una timorata tortuga terrestre, ahora expresando un terror mucho mayor que todavía no logro vislumbrar. El dolor envolvente en mi corteza cerebral es cada vez mayor. Por lo mismo, me veo obligado a finalizar la experiencia abriendo violentamente mis ojos. Todo es normal a mi alrededor. ¿Lo es? Sí, pero el dolor continúa y se acrecienta en mis sienes; debo presionar los vasos sanguíneos ahí presentes para regular el flujo de sangre y, de esta forma, lograr que disminuya el dolor. Un método antiguo que *casi* siempre resulta.

La oscuridad casi absoluta me rodea pues la luna ya traspasó la zona de proyección sobre mi ventana, ¿estará relacionado este hecho con mis fantasmas nocturnos?, y el ambiente se presta irremediablemente para reflexionar. Muchos recuerdos, especialmente desde mi lejana infancia, se agolpan en mi mente tratando de manifestarse; la mayoría son recuerdos y temores que alguna vez traté de olvidar.

Finalmente, viene a mi memoria aquella célebre cita del malvado Thulsa Doom[2], enunciada en el canto de su epopeya por las tierras hibóreas: «*Ahora sabrán por qué le temen a la noche… Ahora aprenderán por qué le temen a la oscuridad*». Nuevamente le temo a la oscuridad, como cuando era muy pequeño y evitaba mirar hacia el interior de las habitaciones oscuras; pero nunca es aquella oscuridad absoluta que anula todos los sentidos y formas, sino aquella lo suficientemente difusa para permitir que todos los demonios que nos rodean en cada instante puedan manifestarse y cobrar vida frente a nuestros ojos para su egoísta e insano regocijo. Es un continuo e indirecto acecho que nos persigue por doquier y en todo instante, pero nunca es posible identificarlo porque es algo que escapa a nuestro rango visual y percepción.

---

[2] Thulsa Doom es un personaje ficticio, creado por Robert E. Howard en 1928 y popularizado como el villano de la película *Conan the Barbarian*, arquetipo del mago de los no-muertos.

Lo he pensado bien. No puedo seguir en estas condiciones pues, más temprano que tarde, la falta de descanso desquiciará mi mente y mi cuerpo. Necesito ayuda profesional o, por lo menos, un ambiente menos opresivo que estas cuatro paredes que me rodean. Visitaré al viejo Sigmund; él sabrá qué hacer en este caso.

* * *

Al día siguiente, temprano por la tarde, resolví visitar a mi buen amigo Sigmund, eminente académico y actual director del Hospital para Enfermos Mentales San Augusto. Quizás un poco chapado a la antigua pero, en líneas generales, es un buen hombre y uno de mis pocos amigos de verdad.

De idéntica forma que en los días precedentes, en los cuales permanecí casi exclusivamente en mi hogar, durante todo el trayecto desde mi casa hasta el hospital me sentí observado. En muchas ocasiones uno percibe algo anómalo en el ambiente, quizás pequeñas vibraciones moleculares en el entorno más inmediato, que nos permiten intuir que alguien nos observa o manifiesta su interés en nuestra persona. Las mujeres, en general y en especial desde cuando se inicia su desarrollo sexual, tienen mayor sensibilidad para detectar este fenómeno…, quizás porque usualmente son acosadas y están acostumbradas a desarrollar con mayor énfasis todos sus sentidos para mantenerse alerta, incluso el intuitivo sexto sentido que ellas dicen poseer. Sin embargo, en los últimos días aquella sensación ha sido mucho más envolvente y alienante. Curiosamente, aunque la distancia a cubrir no fue demasiado extensa, dicha sensación no estaba ligada al exterior sino a mi propio ser.

Desde un principio, haciendo emerger ese sutil aire paternal que a menudo proyectaba hacia los demás en forma natural, el viejo Sigmund se mostró muy interesado e intentó tranquilizarme. Tampoco manifestó sorpresa ante los detalles y evolución de mis percepciones. Su formación profesional y experiencia le impedía hacerse partícipe e involucrarse en forma directa con las afecciones de sus pacientes.

Y en esta ocasión yo era su paciente, no su amigo.

—Lo que necesitas es un buen descanso, Henry —dijo finalmente Sigmund—, mientras te recuperas de aquella infección viral.

—¿Es un virus? —pregunté esperanzado—. ¿Estás seguro?

—Los síntomas así lo indican, Henry —agregó Sigmund mientras observaba una planilla que instantes previos le había entregado su curvilínea secretaria—. He sabido de varios casos muy similares en estos días —y sugirió enseguida—. Puedes quedarte en la casa de reposo que disponemos frente al hospital. Tiene todas las comodidades necesarias y es un sitio muy tranquilo. También te haremos algunos pocos exámenes para un diagnóstico más en regla. Tú sabes, debemos seguir los procedimientos normales.

—Bien, Sigmund, si tú lo dices —asentí—. Estoy de acuerdo.

—Excelente —dijo Sigmund—. Avisaré tu llegada para que dispongan todo lo necesario. ¡Ah! —complementó finalmente—. No necesitas traer tus efectos personales. Aquí tenemos todo lo que puedas llegar a necesitar. Mañana temprano conversaremos más al respecto...

Efectué un gesto de asentimiento, estaba de vacaciones y no requería de permisos o licencias, y me escabullí con rapidez desde aquel sitio. Nunca me han gustado las consultas médicas ni mucho menos los hospitales o clínicas, pero lamentablemente hay ocasiones en las que no existe otra alternativa.

Si el viejo Sigmund estaba preocupado, no lo noté; lo único que sin embargo advertí fue que él no estaba sorprendido de verme después de tanto tiempo. Es extraño, pero posiblemente sólo son lucubraciones mías.

En menos de cinco minutos, después de dejar un cheque -en blanco, por supuesto- en garantía por mi hospedaje en la recepción y llenar algunos recurrentes y obligatorios formularios, un enfermero me condujo hasta mi habitación, situada en el sector preferencial.

—En caso que le ocurra alguna contingencia o necesite algo —dijo el enfermero—, pulse aquel timbre, señor Martínez.

Asentí con un gesto breve y me senté sobre un costado de la pulcra cama.

—En aquel tríptico que está sobre el *velador* se encuentran los horarios de las comidas y otros puntos importantes. Si desea cambiarse la ropa —agregó finalmente—, puede revisar lo que hay en el armario.

—¡Ah, gracias! —respondí.

—¡Muy buenas tardes! —se despidió finalmente el enfermero, sin esperar mi respuesta que, en su gestación, se desvaneció en el éter.

Acto seguido, observé la habitación con mayor detalle. Había una cámara de televisión que registraría todos mis movimientos. Hay veces en que la pérdida de privacidad se traduce en una ganancia de seguridad y éste era uno de esos casos…, siempre que realmente hubiese alguien observando en el otro extremo. También advertí que la oscuridad nunca sería total dentro de la habitación: una extraña luminosidad parecía emerger desde distintos puntos de ella.

Después de ambientarme en dicho sitio, me vestí con ropa algo más informal y cómoda para salir a pasear por los jardines. Era una tarde bastante calurosa y me pareció una buena idea. Uno siempre desea saber *dónde* se encuentra; es algo que da seguridad. Me sentía soñoliento -no era para menos después de lo ocurrido en las últimas jornadas-, y luego de caminar por los bien cuidados jardines, resolví sentarme sobre un banco de madera de roble que había frente a una pileta con peces tropicales y colonial aspecto. Aquellos extraños pensamientos de días anteriores no me atormentaban con igual intensidad, quizás debido al grato ambiente donde ahora me hallaba inmerso, pero aún así no pude concentrarme en la muy liviana lectura que llevé conmigo para la ocasión.

Más tarde, mientras intentaba descubrir algún sabor familiar en la poca condimentada comida de la cena, que sin duda habría hecho palidecer al más humilde de los gastrónomos, me fijé en los otros comensales que también disfrutaban del grato ambiente de retiro frente a la perspectiva habitual del mundanal ruido. Todos eran mayores que yo -excepto una joven que era el claro estereotipo de la mujer de clase alta no autosuficiente, separada o abandonada por su esposo, cuyo universo se ha desmoronado en un abrir y cerrar de ojos-, pero el que indudablemente más llamaba la atención era un viejo y desdentado general que, aislado siempre de los demás quizás por tácita y compartida iniciativa, balbuceaba ininteligibles vocablos que pretendían ser órdenes, emergentes quizás desde los más recónditos e inalcanzables intersticios de su mente, para que sus subalternos ejecutaran sin piedad todos sus caprichos; los demás residentes, que no eran muchos pero sí la mayoría procedentes de los estratos más privilegiados de la sociedad, lo ignoraban por completo, quizás como a un vulgar paria. Su rostro me resultó algo familiar y, de acuerdo a la confidencia de una muy joven enfermera que según los otros residentes era algo ligera de cascos, aquel anciano era el residente más antiguo del recinto, quizás uno de los *fundadores* de éste, y por lo mismo ya parte del inventario del establecimiento, y ninguno de sus familiares o amigos lo visitaba ya e incluso habían dejado de pagar las mensualidades desde hacía mucho tiempo, por lo que su estadía en aquel sitio ahora sólo podría describirse como un simple acto de caridad que sería muy bien visto al utilizarse como recurrente publicidad. Las malas lenguas también decían que había sobrevivido a todos su antiguos adversarios y detractores, incluso a sus pretéritos similares... Pero aquello indudablemente es otra historia.

Después de ingerir una infusión de hierbas aromáticas para concluir mi cena, me dirigí hacia mi habitación para intentar descansar. Desde poco antes de la cena percibí la piel un poco dilatada y algo húmeda, pero supuse que se debía principalmente a mi extraño e inusual estado de ansiedad. Cuando era joven y frecuentemente me desvelaba elaborando algún informe o estudiando para algún exigente examen en la universidad, era víctima de sensaciones similares.

En realidad, según mi precaria percepción, la presencia de aquel virus en mi organismo había activado algo por milenios dormido en mi interior. Esto posiblemente me permitió el acceso -restringido, por cierto- hacia una región antes inalcanzable de mi cerebro, pero en realidad no lo sé. Es simple especulación. Sólo sé que, desde aquel día, mi sensibilidad extrasensorial -espero no abusar en demasía del lenguaje- aumentó radicalmente en algunos instantes bien definidos y bajo ciertas condiciones muy específicas.

Aún no estaba decidido; ¿lo intentaría de nuevo durante aquella noche?

Al principio intenté conciliar el sueño que en forma latente me abrumaba casi en todas las células de mi organismo. Sin embargo, luego de acomodarme en las diferentes posturas tradicionales, me fue imposible conseguirlo. Una inquietud rondaba por mi mente. La inquietud o el miedo quizás de ir dejando tantas cosas inconclusas a lo largo de toda una vida. Debía por lo tanto intentarlo de nuevo durante esa noche. Es curioso pero hay veces en las que uno busca las situaciones conflictivas que un mínimo atisbo de razón nos impulsaría a esquivarlas para evitar algún tipo de sufrimiento posterior e innecesario; en fin, en uno u otro sentido, todos tenemos algo de masoquista.

Casi al borde de la medianoche, cuando la penumbra habitual de esas horas luchaba frenéticamente por abrirse paso entre la diáfana e indirecta luminosidad que parecía emanar desde diferentes puntos dentro de la habitación, me convencí y terminé por aceptar que aquella noche sería igual a las anteriores. Al parecer, por decirlo de alguna forma, ya no habría descanso para mi cuerpo y espíritu...

Muy pronto comencé a iniciar la práctica de las noches precedentes. Primero, una postura relativamente cómoda sobre la cama; después, cerré mis ojos dejando mi rostro expuesto hacia las débiles fuentes luminosas ocultas; la concentración no fue difícil pese al envolvente dolor de cabeza que me afectaba en forma intermitente casi desde la hora de la cena; finalmente, las imágenes comenzaron a surgir como un grotesco y programado desfile de máscaras y disfraces. Todo ocurrió casi igual que antes: la semiesfera, inicialmente opaca que curiosamente ahora la estaba percibiendo mucho más cercana y casi tangible, las sombras amorfas que inician su gestación muy cerca del punto áureo de mi limitada perspectiva visual.

Al principio, las sombras sólo parecían eso: sombras, pero muy pronto todo comenzó a cambiar como si un distante alquimista estuviese vertiendo diversos y extraños fluidos vaporosos dentro de aquella nebulosa mezcla. Cuando fijé mi percepción en un diminuto punto luminoso que palpitaba entre aquellas sombras, éste pareció aproximarse -en mayor medida que las sombras- y deformarse. Esto acarreó un continuo juego de interacción con las sombras amorfas que, de una u otra forma, trataban de asir con empalagosos seudópodos a la entidad luminosa que destacaba entre ellas. La singular batalla continuó hasta que la luminosidad fue literalmente engullida por las sombras. A continuación, se generó una mancha psicodélica palpitante que fue rodeada por una infinidad de pequeñas sombras inmersas dentro de una luz crepuscular demasiado tenue para fijar más detalles, pero aquello no duró mucho tiempo. Casi de inmediato, la ameba psicodélica fue transfigurando hacia la silueta de un grotesco mutante humanoide en actitud de crucifixión -espero que no haya algún icono religioso detrás de todo esto-: su cuerpo estaba incompleto y era parcialmente devorado en vida por una miríada de pequeñas serpientes; sin embargo, de repente y sacando fuerzas de flaqueza, su cuerpo comenzó a regenerarse hasta convertirse en una escultural hembra humana que, desligándose de sus ataduras y desplegando sus tupidas alas hasta ahora ocultas, emprendía lentamente el majestuoso vuelo. Poco a poco, las serpientes se convertían en ramas sarmentosas que intentaban sin éxito retenerla. Un monstruoso pez mitológico se aproxima a ella pero es atrapado por las ramas y la mujer alada puede finalmente huir desde aquel sitio. Bajo ella, las móviles ramas se transforman en una danza infernal de flamas que muy pronto se consumen entre sí hasta la extinción. La víctima ha huido finalmente de sus garras. No era la misma mujer que observé en la ocasión anterior; además, indudablemente ésta fue más afortunada.

Acto seguido, emergiendo desde la penumbrosa oscuridad, comienzan a gestarse otras formas.

Diversos rostros, unos más grotescos que otros, son aplastados por un grupo de guerreros medievales que, vistiendo fantásticas armaduras tanto en su confección como en sus evidentes colores, luchan sin tregua entre sí. Es curioso que ahora lo recuerde, pero paulatinamente fueron apareciendo diversos matices de gris hasta convertirse en los colores que inicialmente reemplazaban. Al mismo tiempo, rostros inexpresivos e inescrutables observan desde un nivel superior como si todo formara parte de un simple juego de salón, pero uno tras otro los guerreros van cayendo exánimes y carentes del soplo vital que un instante anterior los animó incondicionalmente a luchar. Una multitud de repulsivos seres emerge desde las cenizas del holocausto precedente, y éstos comienzan a danzar siguiendo un ritmo tan frenético como absurdo. Sus rostros se proyectan ahora hacia la zona esférica que me rodea y son los mismos de antes: rostros diversos, humanos e inhumanos, sucediéndose como siguiendo un plan preconcebido. No es algo al azar, sino un horrendo calidoscopio gestado por una -o más de una- inteligencia desconocida.

Ahora los límites de la esfera parecen más reales y aquello no deja en cierta medida de asustarme aunque, desde un principio, el temor parecía estar ausente. Se continúan proyectando aquellos rostros decadentes y marchitos, nuevamente se suceden cambiando en sexo, raza y expresión. Como antes, no todos grotescos; algunos muy humanos pero desconocidos, quizás pertenecientes a pretéritas razas que vivieron durante las todavía ignotas edades de nuestra especie, o quizás mucho antes. No lo sé. Les siguen unos rostros demoníacos que se asimilan los unos a los otros para formar nuevos monstruos, cada vez más grotescos. En esta ocasión no apareció un reptil gigantesco, sino un terceto de dragones orientales -distingo sus hermosos y escamosos cuerpos casi a la perfección- que, siendo atacados por las siluetas fantasmagóricas, levantan el vuelo y huyen hacia la oscuridad rodeados por su aura multicolor. Sólo dos logran escapar hacia tierras o mundos tan lejanos como desconocidos, mas el tercero y más pequeño es poco a poco absorbido por las sombras, y después de un breve aleteo ejecuta sus últimos estertores. Junto con eso, el envolvente dolor que afecta a mi corteza cerebral es cada vez mayor y presiento que pronto me veré obligado a finalizar esta *sesión* abriendo mis ojos, como antes ocurrió. Posiblemente también sea necesario ingerir uno de aquellos calmantes milagrosos que me sugirió el viejo Sigmund pues los tradicionales, al igual que los remedios caseros y a pesar de sus despliegues publicitarios, ya no me producen el esperado efecto.

Pero algo es diferente ahora, aparte del color, y no puedo detener la continua proyección que se despliega ante mi mente. Aquellos rostros grotescos que observaban desde un nivel superior advierten mi presencia y envían a sus huestes fantasmales en mi dirección para presionar la esfera translúcida con enfermiza insistencia. Esto no había ocurrido en instancias anteriores pues la esfera parecía protegerme de sus miradas. Es posible que haya influido la diferente iluminación que, además, me permitió ver todo con un distinto color. En realidad, siempre fue diferente pues cada vez se fueron agregando nuevos elementos y matices que paulatinamente iban cambiando el entorno. En esta ocasión, quizá al perder a sus potenciales víctimas, se ha abierto aún más su latente apetito por engullir a otras formas de vida. No lo sé, pero no me agradaría convertirme en el próximo entremés ni, mucho menos, en el suculento plato de fondo para aquellas horrendas entidades.

Algunas de las siluetas se disuelven al intentar alcanzarme, pues la esfera todavía soporta aquellos inusuales embates. Pero, de pronto, una poderosa descarga energética se precipita desde las alturas y veo su impacto sobre la diáfana superficie esférica. La suceden unos instantes de negra tranquilidad y nuevamente una legión de amorfos seres, ahora en impresionante número, se abalanza sobre mi escudo protector. En un sector de ella, cercano al punto de impacto energético, observo una diminuta fisura que indudablemente no tardará en ramificarse. Es hora de despertar... ¡pero no puedo hacerlo!

Me he preguntado a menudo, ahora más que nunca, si esta esfera que me rodea en perfecta completitud es lo que algunos denominan *aura*. Pero no como algo místico que nos define ante los demás y nos permite relacionarnos con ellos sino como algo que simplemente se manifiesta como la protección natural, de todas las formas de vida que tienen conciencia de sí mismas, ante todos aquellos monstruos que sin saberlo nos acosan a diario desde una realidad tan dispar e incongruente. Una realidad endiabladamente cercana.

De pronto, con una oscuridad cegadora, la esfera estalló en miles de fragmentos bidimensionales que se disolvieron en el éter o fueron absorbidos por un fenómeno similar y tan limpio como una implosión perfectamente controlada. Percibo a continuación una infinidad de manos, o quizás tan sólo apéndices táctiles o tentaculares, que se acercan con éxito hacia mi camastro. Manos deformes y suplicantes que, de una u otra forma, intentan aferrarse a mi cuerpo... *talvez* con qué oscuros propósitos prontos a descubrir. Sospecho que es la última oportunidad que dispongo para despertarme...

* * *

En la habitual quietud de la mañana, el sonido de una campanilla se escuchó en la sala de observación.

—Soy el doctor Berstein —dijo la voz cuando la enfermera de turno activó el receptor y observó a través de la pantalla de vídeo—. Estoy en la habitación 17, ¿qué sucedió con el paciente?

—No lo sé, doctor, debería estar en su cuarto —indicó la enfermera—. Según la bitácora de Fernández —hizo una pausa—, el paciente se acostó cerca de las veintidós horas y de ahí tuvo un sueño intranquilo hasta medianoche cuando, en definitiva, se durmió. Eso es todo, doctor —complementó.

—Bien —asintió el viejo Sigmund, mientras un temor inasequible se adosaba enseguida a las amplias arrugas que coronaban su rostro.

Ahora, ante el doctor Sigmund Berstein se encontraba una habitación completamente vacía, con una cama cuyas ropas estaban sutilmente revueltas como silenciosos testigos de una noche intranquila, con el amplio ventanal cerrado desde el interior y ningún indicio manifestando que la puerta haya sido abierta en medio de la noche, sin olvidar la extraña desaparición de su amigo; y todo sumado a una creciente inquietud que ahora comenzaba a gestarse al interior de su mente como un palpitante y molesto dolor de cabeza.

Síndrome de culpa

A l principiar la noche de aquel día, Ana Luisa ya estaba acostada. Después de un frugal refrigerio no demasiado sofisticado (para lo que ella acostumbraba) se fue directo a la cama, tal como el médico se lo indicó muy temprano aquella tarde. «*Sería muy conveniente para su estado de salud*», dijo el facultativo poco antes de retirarse, con esa voz algo sinuosa que a ella siempre le desagradó.

Pero Ana Luisa no estaba tranquila; no lo estaba desde el reciente fallecimiento de su hermana mayor, e incluso desde un poco antes.

Había llovido copiosamente durante aquella tarde y, en lo transcurrido de la noche, la furia de los elementos se había acrecentado con inusual frenesí; y un mal presentimiento, quizás relacionado con algún virtual síndrome de culpa, rondaba su mente. Sin duda nadie podría culparla por aquel triste suceso recientemente acaecido, pero la mente se comporta a veces de una manera muy extraña… quizás alguna leve omisión involuntaria o refleja y se desencadena una tragedia imprevisible e inevitable, causando, por lo mismo, una amarga e inasequible sensación.

La servidumbre tenía durante aquel día sus veinticuatro horas libres correspondientes al mes en curso, franquicia que ella y su hermana habían conservado intacta desde que ambas quedaron solas en la vieja mansión.

Todos a su alrededor habían tenido una muerte trágica; por lo menos, sus más cercanos familiares. Y aquello, como es habitual e inevitable en los sitios poco habitados, había sembrado de rumores toda la comarca.

No obstante, pese a la extraña inquietud que hace días rondaba por su mente, Ana Luisa confió en la medicina moderna (no en vano faltaban pocos meses para la llegada del esperado siglo veinte, pese a los supersticiosos ignorantes que predicaban una debacle generalizada en todos los ámbitos) y, después de ingerir una efectiva infusión que le produjo un estado de somnolencia casi inmediato, se desvaneció en los reconfortantes brazos de Morfeo hacia un prometedor descanso. Al mismo tiempo, todo el exacerbado rigor climático quedó relegado a un plano muy secundario.

Muy pronto comenzó a soñar con Juan Esteban, el antiguo novio de su hermana María Alicia que, sin perder mucho tiempo, ahora la frecuentaba a ella y que, incluso aún estando su hermana con vida, muchas de sus casi obsesivas fantasías eróticas con aquel apuesto joven habían dejado de serlo para convertirse en las guías de una relación mucho más dinámica.

Exactamente a medianoche, un extraño crujido la despertó en forma repentina cuando el sedante efecto de la infusión había perdido ya su eficacia.

Es bastante común escuchar extraños crujidos al interior de las grandes casonas, en especial cuando la mayor parte de sus estructuras está formada por madera, tanto en su esqueleto básico como en los diversos muebles decorativos o funcionales. Aquellos crujidos son particularmente reconocibles durante las primeras horas de la noche, cuando la quietud ambiental es mayor y, al mismo tiempo, todas las estructuras de madera comienzan a contraerse por el cambio de temperatura y humedad.

Pero en esta ocasión Ana Luisa se inquietó más de lo habitual debido, en gran parte, al nerviosismo que la invadía, casi al punto que una creciente paranoia también se hacía presente. La mente se comporta a veces de una manera muy extraña…

Después de permanecer despierta durante algunos minutos, atisbando hacia los diversos rincones de su habitación decorada al estilo colonial moderno, y tratando también de vislumbrar el más pequeño de los movimientos, se tranquilizó pensando que aquel ruido sólo había sido producto de su inestable imaginación. Pero, en aquel mismo momento, un nuevo crujido semejante al anterior se manifestó en la planta baja. Era indudable que *alguien* se había escurrido hacia el interior de la casa y ahora, quizá con que oscuras intenciones, vagaba sobre el nivel inmediatamente inferior.

«¿Qué hago?», se preguntó Ana Luisa y, en un abrir y cerrar de ojos, recuperó todo el valor y sangre fría que la habían caracterizado desde muy pequeña. Indudablemente, ella nunca fue una frágil representante del sexo femenino ni mucho menos, y siempre se preocupó por demostrarlo en forma explícita ante los demás.

Acto seguido, tomó un candelabro que había sobre el *velador* y lo encendió, se colocó sus zapatillas de trajín y también se procuró de un atizador que guardaba bajo la cama para casos de emergencia, como un día se lo indicó su ahora fallecida hermana. Enseguida, con todos los pertrechos listos, se deslizó a través de la puerta de su habitación y se dirigió sin demasiada cautela hacia la planta baja. Ella estaba en su casa y *nadie* tenía derecho a estar en dicho sitio excepto ella.

En breves minutos recorrió todo aquel nivel hasta llegar a la cocina, donde descubrió una pequeña ventana mal cerrada y unas pequeñas huellas húmedas en las cercanías.

—¡Maldición! —exclamó en voz alta sin ocultar su indignación, aunque dicho vocablo rara vez escapaba de sus pulcros labios—. Le dije muy claro a Emilia que se preocupara de *todas* las ventanas. ¡Ahora ese bendito gato dejará sus huellas y pelos en todos los muebles y alfombras!

A continuación, algo más tranquila, buscó sin mucho entusiasmo al gato que había decidido refugiarse de las inclemencias del clima escurriéndose al interior de la casa. Pero no tuvo éxito. Era evidente que habían muchos sitios donde un gato temeroso podría ocultarse dentro de aquella casa. Además, no era la primera vez que el felino actuaba de tal forma y, con seguridad, tampoco sería la última.

Finalmente, decidió abstraerse de aquella intromisión foránea y se dirigió nuevamente a su habitación. Emilia debería reparar cualquier estropicio que produjera aquel peludo convidado de piedra. La noche no estaba fría pero sí demasiado húmeda, y aquello indudablemente no le gustaba.

Minutos más tarde, mientras se sumergía nuevamente en los amplios brazos de Morfeo, Ana Luisa escuchó al gato engrifarse en algún lugar de la casa y, al mismo tiempo, una violenta ráfaga de aire gélido se introdujo a través de la ventana de su habitación, llegando incluso a volcar el vaso con un resto de té que había sobre el *velador* junto al candelabro. Ella quedó con los nervios de punta ante tan imprevisto fenómeno.

De inmediato, aún con el espanto reflejado en sus abiertos ojos, observó como una extraña y verdosa silueta, quizás la de un ser humanoide, se deslizaba con torpeza hacia el interior por la ventana ahora abierta de par en par, dejando un asqueroso rastro de limo en vez de huellas. Los músculos de Ana Luisa no respondían a las órdenes emanadas por su asustado cerebro. Pues ahora no sólo tenía miedo, estaba aterrorizada... y no era para menos.

La extraña y repugnante figura caminaba con la torpeza de un ciego deambulando en tierra desconocida pero, de pronto, con sus cuencas fosforescentes que emitían tenues reflejos amarillo-verdosos, miró fijamente hacia la contraída silueta de la mujer escondida -a excepción de su rostro- bajo el elegante ropaje de su cama. La sangre de la joven se congeló al instante en sus venas y arterias cuando su mirada se cruzó con la de aquel engendro de los Avernos más profundos y desconocidos pues algo familiar, demasiado familiar, notó en aquella acusadora mirada.

Al mismo tiempo, un espantoso rugido de ultratumba emergió en forma cavernosa a través de la boca del engendro y, al momento de indicar hacia la timorata figura yaciente sobre la cama, una extraña red se manifestó sobre Ana Luisa, una red formada por asquerosas lianas limosas y raíces húmedas y sarmentosas que le impedirían cualquier atisbo de movimiento.

La asquerosa monstruosidad comenzó a acercarse con exagerada lentitud hacia su eventual víctima hasta que por fin, en un abrir y cerrar de ojos en siglos de inmensurable e inenarrable temor emergiendo en continuo e inevitable sudor frío por todos los poros de la joven, ésta la sujetó fuertemente con una de sus manos y con la otra, ejecutando tal acción con extraña agilidad, extrajo el atizador que Ana Luisa escondía debajo de la cama para, con un insistente sadismo y furia por eones acumulados, proceder a enterrarlo en repetidas ocasiones sobre el voluptuoso (pero delicado) cuerpo de la desafortunada mujer.

* * *

Muy temprano al día siguiente, respondiendo al insistente y desesperado ruego de Emilia, el médico constataba que Ana Luisa había dejado de existir pasada la medianoche por supuestas causas naturales.

La ventana estaba cerrada y todo en orden al interior de la habitación, excepto el convulsionado rostro de la infortunada joven, la única dueña de aquella valiosa propiedad de muchas hectáreas desde que su hermana había fallecido, al parecer también de causas naturales, cuando el veterano doctor de la comarca fue incapaz de encontrar los restos de cianuro en su organismo.

Encuentro inesperado

*H*abía pasado prácticamente un año desde la última vez que Salustio se encontrara con Rodrigo, y aquello había ocurrido por simple casualidad durante la visita a la casa de un amigo en común.

Algunos aseguran que las casualidades no existen, excepto cuando advertimos que éstas ocurren. De hecho, la excepción confirma la regla. Por lo mismo, ésta nuevamente estaba confirmándose con la presencia de Rodrigo a tan sólo unos pocos pasos de distancia. Y aquel extraordinario suceso ocurría, nada más ni nada menos, en uno de los sitios más improbables para encontrarse con algún conocido. Ambos estaban entre Tongoy y Los Vilos, más precisamente en Canela Baja, y ya era entrada la noche. Una noche bastante seca y fría, pero soportable.

—Hola —dijo Salustio—. ¡Mira el sitio dónde nos venimos a encontrar!

—Así es —asintió Rodrigo, esbozando una tenue sonrisa.

—¿Y qué haces por aquí?

—Ya sabes… —respondió Rodrigo—. Visita a terreno.

—Sí, por supuesto —asintió Salustio—. Es la rutina en tu vida.

Rodrigo sonrió nuevamente.

—¿Y tú?

—Supervisando la instalación de unos equipos de comunicaciones —respondió Salustio—. Los muchachos partieron recién hacia Los Vilos a buscar el resto de los aparatos y andamiaje. Y ahora yo buscaba un sitio donde comer alguna cosa, y quizás también donde pernoctar.

—¡Vaya! Curiosamente yo andaba en lo mismo. ¿Conoces alguna *picada*?

—No en este lugar —dijo Salustio, y agregó—. Es mi primera vez aquí.

—También la mía —acotó Rodrigo.

—Veamos qué podemos encontrar más adelante —sugirió Salustio—, aunque me parece que aquí no hay mucho donde regodearse.

—Así parece.

Después de unos breves minutos de grato caminar e informal charla, recordando incluso hechos ya demasiado lejanos, Salustio vislumbró un lugar posiblemente apropiado.

—¿Qué te parece aquel sitio? —inquirió al momento que indicaba hacia un tugurio escasamente iluminado y recordaba, al mismo tiempo, lo mañoso que antes solía ser Rodrigo en lo referente a la ingesta de sus alimentos.

—Echemos un vistazo —sugirió Rodrigo y, observando enseguida a diestra y siniestra, agregó—. Además, parece la única opción.

—Vamos para allá entonces.

El interior del establecimiento era modesto pero limpio y, para quienes han disfrutado de una buena educación, aquel era sin duda alguna un punto muy importante.

La anfitriona, carente en absoluto de alguna clase de atractivo personal, se les acercó apenas ellos traspusieron el umbral:

—¿Qué desean, jóvenes? —preguntó solícita.

—Deseamos comer algo y... —Salustio observó a Rodrigo mientras éste sonreía—, alojamiento por esta noche.

—Han venido al lugar adecuado entonces —dijo la anfitriona—. Síganme.

A continuación, la mujer los condujo hasta una de las mesas que había bajo una gran lámpara de lágrimas, junto a un extraño recoveco; y, después de limpiar la superficie de ésta con un paño húmedo que llevaba entre sus manos, los instó a sentarse.

—Tenemos un guisado que es fenomenal, y no es porque *yo* lo diga —aclaró en seguida—. Es la especialidad de la casa —e inquirió—. ¿Les parece bien?

—Por mí no hay problema —aseguró Salustio, esperando que tal especialidad no involucrara al brócoli ni al zapallito italiano.

—Por mí tampoco —agregó Rodrigo—. ¿Tiene ensaladas?

—Por supuesto —asintió la mujer—. ¿De cuál desea?

—Tomate, lechuga y palta —respondió Rodrigo, y aclaró de inmediato—: El tomate sin cáscara ni semillas, y la palta que no sea de esas que tienen fibras.

—¿Y usted? —la mujer observó a Salustio.

—¿Tienes palmitos?

—Por supuesto.

—Una de palmitos y tomate —resolvió Salustio.

—Bien —dijo la mujer y se marchó *ipso facto* en dirección a la cocina pues, con gran seguridad, era ella misma quien cocinaba.

Pocos minutos más tarde, cuando la cena estaba recién servida sobre la mesa y ellos se aprestaban a devorarla, se acercó una joven mujer con una taza de humeante café entre sus manos.

—¿Puedo sentarme aquí? —preguntó.

—Por supuesto —asintió Rodrigo, observando a su amigo.

—No hay problema —agregó Salustio.

La mujer bordeaba escasamente los treinta años y era atractiva aunque no deslumbrante. Su sedoso cabello castaño caía con delicadeza sobre sus hombros realzando las finas líneas de su rostro. Su menudo cuerpo se mantenía turgente y lozano pese a no evidenciar un cuidado obsesivo por el mismo, y sus ojos claros indicaban que alguno de sus ancestros no era oriundo de aquellos terruños.

La cena transcurrió sin demasiada interacción entre los comensales -sólo algunas frases entrecruzadas y una que otra sonrisa de asentimiento-, y poco más tarde, luego de ver algunos minutos de la televisión local, resolvieron retirarse a descansar. La anfitriona, que todavía conservaba aquel húmedo paño entre sus manos, en aquel momento se dirigió a ellos:

—Bueno... —comenzó algo azorada, como disculpándose—. La habitación está preparada, pero sólo hay un pequeño problema...

—¿Cuál es el problema? —preguntó Salustio.

—Tendrán que compartir la habitación pues sólo me queda una disponible. ¿Tienen algún inconveniente? La habitación tiene dos camas bastante amplias… Sé que no es lo acostumbrado pero…

—No lo creo —respondió Salustio, sopesando la situación pues en dicho instante sería ya muy complicado encontrar otro lugar. Además, ninguno de ellos disponía en aquel momento de un vehículo para buscar un sitio más adecuado o, en último caso, pernoctar en su interior.

Rodrigo sólo esbozó un gesto de implícito y resignado asentimiento.

—Bien —asintió la anfitriona—. Asunto arreglado entonces.

Y, acto seguido, les indicó donde se ubicaba la habitación asignada para ellos.

En aquel momento, Salustio advirtió con cierta sorpresa que no sólo compartiría la habitación con Rodrigo sino que también lo haría con la joven mujer, cuyo nombre era Jennifer, e indudablemente tal situación sería muy extraña, demasiado; quizás el marco apropiado para que alguien de torcida imaginación lucubrase un torrente de bajas pasiones a punto de desbordarse en alguna situación absurda. No obstante, Rodrigo y Jennifer parecieron no darle importancia a tal asunto y, por lo mismo, Salustio resolvió no preocuparse.

¿Se podría tomar tal situación como algo normal en un sitio tan apartado como aquel?

Salustio tardó algunos minutos adicionales observando el pronóstico del clima para el día siguiente y, a paso cansino, se dirigió después hacia la habitación. Aquella había sido una jornada agotadora y todo indicaba que las siguientes también lo serían: el trabajo estaba recién comenzando y la rutina era ya demasiado conocida. Nuevamente estaba embarcado en un proyecto de largo aliento, y sólo cambiaba el lugar donde se efectuaban las obras.

Al momento de trasponer el vano, advirtió que previamente debía pasar por la habitación de la anfitriona para acceder a la suya.

—Por esa puerta, joven —indicó la mujer que, vestida con un anticuado pijama de algodón y sonriendo maliciosamente, ordenaba su propia cama.

Salustio asintió con un breve gesto y se internó en la habitación asignada.

Al ingresar definitivamente a ésta, observó que estaba excesivamente amueblada y disponía efectivamente de dos camas dispuestas una junto a la otra, perpendiculares al pasillo de acceso. Y ambas camas estaban ocupadas. Posiblemente alguien que vivía ahí en forma permanente les había cedido sus aposentos por esa noche. Aquello era algo indudable. Y en la más cercana estaba Rodrigo que, en aquel instante, revisaba algunos documentos de índole tributaria; en la otra estaba Jennifer que, aparentando una impasible tranquilidad e indiferencia, efectuaba algún ejercicio de meditación o algo similar.

La pregunta más obvia, tormentoso gusano taladrante, surgió de inmediato en su mente: «¿Dónde debo acostarme?»

Y la respuesta no era fácil: Rodrigo había sido su mejor amigo en los años de liceo y después también lo fue en la universidad, pero al egresar sus vidas se habían distanciado a tal punto que muy pocas veces se habían juntado en los últimos años. Además, era evidente que ambos quedarían muy incómodos en una sola cama. En cambio, a Jennifer sólo la conocía desde aquel día y muy superficialmente. Sin embargo, desde un principio el trato había sido muy afable y fluido entre los tres... Pero, ¿sería aquella la opción más apropiada?

Observando tal situación desde un punto de vista mucho más amplio, era cierto que las tradicionales guías de conducta moral, junto a quienes todavía se jactaban de basar cada uno de sus actos exclusivamente en ellas, estaban un poco pasadas de moda en aquellos días de efervescente globalización. Sin duda, aquel era uno de los costos (o una de las ventajas, según otros) del progreso. Y, de una u otra forma, había que asumirlo de la mejor forma posible. Por lo mismo, aquella última opción se manifestaba un poco más atractiva y, en líneas generales, *ahora* sería algo quizás «mejor visto» o «política y socialmente más correcto». Para bien o para mal, las costumbres están siempre en continuo cambio. Por último, Salustio también podría autoflagelarse durante toda la noche improvisando un inestable lecho con algunas sillas y frazadas, como lo había hecho en más de alguna ocasión anterior que así lo había requerido, pero a simple vista le faltarían implementos para lograr una mínima comodidad. Y él estaba ya demasiado cansado.

Mientras revisaba su exiguo equipaje, Salustio se hallaba inmerso en lejanos pensamientos cuando advirtió, quizás para facilitarle su decisión o para tomar ventaja de su indecisión, que Rodrigo se levantaba de su lecho y, aparentando una total indiferencia, se introducía después en la cama de Jennifer. Indudablemente tal acto sorprendió a Salustio porque dicha acción no concordaba con los patrones de conducta que él esperaría de Rodrigo pero, al mismo tiempo, resolvía su momentáneo conflicto interior.

Jennifer no manifestó sorpresa alguna ante tan osada arremetida y siguió en su profundo acto de meditación.

Salustio se desvistió parcialmente, colocándose enseguida un *short* y una camiseta pues no disponía en aquel momento de un pijama (y menos de uno de tan buena factura como el que utilizaba Rodrigo en aquella ocasión), y se dirigió hacia su eventual cama. No obstante, en aquel preciso momento, Jennifer se deslizó subrepticiamente desde su lecho compartido para meterse de igual forma en la cama ahora destinada a Salustio que, estupefacto, observaba aquel decidido accionar sin mover un solo músculo.

La mujer vestía una minúscula ropa interior floreada -casi más osada que un bikini pero menos que una tanga- que, tan pronto como ella encontró su cuerpo totalmente cubierto entre las sábanas, deslizó por un costado del catre, quedando ésta sobre el suelo de madera en singular postura.

—No quiero sentirme incómoda —le manifestó ella mientras esbozaba una sugerente sonrisa.

Rodrigo seguía revisando algunos informes con total indiferencia hacia el accionar de Jennifer y a la perplejidad de Salustio. ¿Qué estaría pasando en aquel instante por su mente?

Indudablemente, Jennifer había escogido. Y lo había hecho con tal sutileza que ahora Salustio no veía de ningún modo resentido su ego pues a él, en definitiva, le correspondería dar el último y definitivo paso.

Acto seguido y como sutil y silente respuesta, Salustio se deslizó con sumo cuidado dentro del tibio y acogedor lecho pensando que no todo en este mundo era tan malo como muchos a menudo aseguraban.

Galardón

A Charlie,

por su inestimable *aporte*

hacia todas las áreas del conocimiento universal.

¿Escribir un artículo?

Es muy fácil: basta con pagarle

doscientos dólares a cualquier pelagatos *muerto de hambre,*

y después sólo le colocas tu nombre…

CARLOS CONCHA, en Así Lo Hice Yo.

[Entrevista con el Dr. Pentotal Sódico]

Después de su estrepitoso fracaso en los dos últimos años, en su primera y segunda autonominación, el Negro Concha se había preparado con verdadero ahínco y profesionalismo. Desde entonces aprovechó cada fin de semana para ensayar el variado protocolo *in extenso* (puesto que sólo la última vez había sido invitado a disfrutar de todo el proceso), junto a sus colegas y subordinados más cercanos, hasta lograr la máxima eficiencia en cada una de las pruebas y estilos. Sin duda, nadie podría ya aventajarlo en esta ocasión. No obstante, su futuro se decidiría a partir de ahora, desde esta misma tarde…; y, a pasos raudos, él se dirigía finalmente a su cita con el destino. Todo debería marchar viento en popa, pues el destino siempre favorece a una mente preparada. Y, en esta ocasión, no sólo su mente estaba preparada.

De pronto, al verlo pasar con inusitada rapidez dirigiéndose hacia el ascensor, Lucas dio un giro a la monótona conversación.

—Mañana es el gran día —insinuó.

—¿Mañana? —inquirió Alejandro sin manifestar un exacerbado interés—. ¿Qué sucederá mañana?

Ante tal falta de información, incomprensible para alguien inmerso en un medio donde los rumores corren siempre como reguero de pólvora, Lucas miró con peculiar asombro a su eventual compañero.

—Mañana es la entrega del Premio Nacional de Ciencias Impuras —agregó con histrionismo.

Sin embargo, Alejandro sólo esbozó una irónica sonrisa.

—¿No lo sabías? —preguntó Lucas enseguida—. ¿Realmente?

—Me parece que alguien lo mencionó durante la semana pasada… —respondió Alejandro después de unos segundos de introspección—. Sí, así fue… Pero a dicho galardón no le doy mucha importancia…

—¿Por qué? —preguntó Lucas, intrigado, pues aquel era el máximo galardón que se concedía en el área de trabajo de ambos jóvenes académicos.

—Si te contara lo que *yo sé*… —insinuó Alejandro.

En aquel momento, Pedro Pablo, que pasaba junto a ellos, se inmiscuyó en la conversación.

—Por el tono de *tu* voz… —insertó el recién llegado mirando a Alejandro, luego a Lucas—. ¿Me perdí de algo?

—No lo creo —manifestó Lucas ante la muda respuesta de Alejandro—. Sólo comentábamos lo del premio de mañana…

—¡Ah! —reaccionó Pedro Pablo con estruendoso vozarrón y prosiguió su camino silbando una dulce y contagiosa melodía—. Sí, mañana es el gran día… —y agregó con picardía mientras se acariciaba su frondosa barba que ya insinuaba algunas canas—, en especial para *nuestro* nominado…

—¿Eh? —reaccionó Lucas, como intuyendo que todos sabían algo que él ignoraba por completo.

—Intrigado, ¿cierto? —inquirió Alejandro.

—Por supuesto.

—¿Lo dejamos para el almuerzo? —preguntó Alejandro, y agregó en tono conspirativo—. Éste no es un buen lugar para hablar de un tema tan peliagudo como aquel. Hay ojos y oídos hasta en los sitios más insospechados.

—Me parece bien.

Y por el momento ambos continuaron con su rutinaria labor frente a la impresora.

* * *

—¿Y bien? —preguntó Lucas al momento que ambos se instalaron en una apartada mesa del refectorio—. ¿Me lo dirás ahora?

—¿Qué cosa? —Alejandro efectuó su habitual rictus de extrañeza; lo cual, en más de alguna ocasión, lo hacía ver algo despistado.

—Lo del Premio Nacional...

—¿Estás preparado? —inquirió Alejandro arqueando la ceja izquierda.

—Por supuesto.

—De acuerdo —asintió Alejandro después de observar a los comensales más cercanos, sin vislumbrar a nadie conocido—. ¿Qué sabes sobre este galardón?

—¿Hablas en serio?

—Sí.

—Me parece que es un premio tanto a la trayectoria como a la actividad realizada durante el último año... —comenzó Lucas—. Publicaciones, actividades, relevancia dentro del medio, aporte en general, etc. Cada postulante es nominado por sus pares y el elegido, aparte del honor, recibe una pensión de gracia vitalicia. ¿Es así, o estamos hablando de cosas distintas?

—Bueno, *eso* es más o menos lo que cree el común de las personas —afirmó Alejandro—. Pero lo cierto es que los méritos se logran durante la jornada anterior a la entrega oficial del premio. Después del gran banquete.

—¿Cómo es eso?

—Muy sencillo, a decir verdad —manifestó Alejandro, arrellanándose sobre la incómoda silla—. Se reúne la *honorable* Comisión que otorga el premio, incluyendo además al ganador del año anterior, con los principales nominados. Es decir, los de mayor renombre dentro del medio que, para el común de los mortales, son y seguirán siendo unos perfectos desconocidos.

—Pero... ¿es eso legal?

—Bueno... —respondió Alejandro—, tan legal como lo estipula la tradición. Para el vulgo dicho encuentro transcurre como una solemne reunión adicional en la que se discuten temas demasiado elevados para una eventual cobertura farandulera.

—¡Ah! Sólo es eso.

—Más o menos —aseguró Alejandro—. Primero hay una ceremonia oficial de recepción, con los pocos reporteros interesados en el tema; luego, el banquete: los mejores platos típicos y los vinos de primera selección. Finalmente, sólo quedan los nominados y los miembros *más* respetables de la Comunidad Científica.

—¿Y entonces?

—Reunión a puertas cerradas.

—¿Qué significa aquello? —inquirió Lucas, intuyendo algo turbio en la entrega del galardón que, dicho sea de paso, nunca provocaba controversias en la opinión pública como los otros premios de similar cuantía concedidos en áreas artísticas, debido posiblemente a que el conocimiento científico se consideraba algo más inasequible para el público en general y, ante la posibilidad de hacer el ridículo, muchos preferían ignorarlo o aceptarlo sin cuestionamientos. La Ciencia no era un asunto de estética. No obstante, desde su creación, mucho se rumoreaba respecto a la mafiosa camarilla científica dominante, no siempre la misma, cuyos miembros se dedicaban en exclusiva a entregarse premios los unos a los otros y los otros a los unos.

—Bueno, a estas alturas están todos bien entonados y, gracias a la libertad que otorga la excesiva ingesta de alcohol, sumado al uso de otros elementos de dudosa procedencia (quizás psicotrópicos... ¡vaya a saber uno!) que indudablemente consumen para dicha ocasión, todos y cada uno comienzan a mostrar sus verdaderos rostros y dan rienda suelta a sus bajas pasiones que, casi en un abrir y cerrar de ojos, se manifiestan de inmediato en el accionar individual y colectivo de cada uno de ellos.

Al observar que Lucas quedaba perplejo y boquiabierto, como no queriendo dar crédito a lo que escuchaba, imaginando con seguridad a todos aquellos personajes que proyectaban seriedad hasta por los poros en las posturas más inverosímiles que tales acciones podían provocar, incluyendo a esos vejetes apergaminados con olor a naftalina y aura de revoloteantes polillas del Consejo de Ancianos de la Academia de Ciencias Impuras, Alejandro agregó con cierta irreverencia:

—Bueno, en palabras más simples y asequibles, se hacen la paja los unos a los otros y practican formas aberrantes de sexo que en otras ocasiones ni siquiera se atreverían a pensar ni, mucho menos, a sugerir. Y, por supuesto, el que hace un mejor trabajo de entre los nominados…

—¿Estás bromeando? —interrumpió Lucas.

—Por supuesto —respondió Alejandro, esbozando una sutil sonrisa que, en definitiva, daba por zanjado el tema.

Y ambos continuaron almorzando con voraz apetito pensando, quizás, en la vida, el universo y todo lo demás.

* * *

Dos días más tarde, con su poco imaginativa y gris vestimenta, pero aún consciente de su reciente labor muy bien realizada, el Negro Concha -el cada día más ilustre académico- ingresaba con pasos mesurados (dado lo adolorido que estaba su cuerpo ya no tan apto, como en sus distantes y muy breves años mozos, para un trajín tan intenso como el de la víspera) a la sala de clases donde sus alumnos, capullos de pocas luces y obnubilados por la apoteósica y deslumbrante fama de su ocasional maestro y mentor, lo recibirían con el poco imaginativo y estruendoso golpetear de palmas y la secuencia de infatigables vítores; y él, haciendo uso una vez más de lo indicado en el *Manual de Gestos y Actitudes*, uno de sus infaltables libros de cabecera desde el infausto e inmemorable día en que decidió convertirse en la lumbrera de sus contemporáneos más cercanos, daría un breve y emotivo discurso de agradecimiento a tan espontánea, inesperada e inmerecida manifestación popular.

Y eso también lo ayudaría, junto a las infaltables e imprescindibles pastillas de menta, a olvidar por un momento aquel extraño y fuerte sabor rancio y avinagrado, muy diferente al efervescente y agridulce que él acostumbraba a degustar en forma más o menos esporádica en sus correrías nocturnas, que aún permanecía al interior de su boca y en su ocasional aliento. Además, debido a motivos de fuerza mayor, por lo menos durante tres o cuatro días, quizás una semana, efectuaría su cátedra de cálculo íntegramente de pie.

Plática infernal[3]

*A*quel viernes por la tarde me reuní con mi amigo Gastón. Siempre es bueno juntarse de vez en cuando con los amigos en algún sitio acogedor, y beber uno o dos vasos de cerveza. Es la *sana* costumbre heredada de nuestros años en la universidad. También incluimos un típico sándwich, de esos que incluyen muchas cosas en su interior, para que a simple vista no pareciera que sólo nos habíamos reunido a beber cerveza.

Desde un principio advertí que Gastón andaba un poco complicado pero, en el transcurso de la conversación, me dijo que todo se debía a los trámites del divorcio que estaba enfrentando. Finalmente había ocurrido lo que todos temen al momento de contraer nupcias: la cláusula «Para toda la vida» no había sido tal y, desde hace unos dos o tres años, la situación con

---

[3] Esta historia, escrita a modo de ejercicio, está inspirada en el recuerdo de un texto anónimo leído hace un tiempo en Internet.

la *bruja* se había vuelto insostenible para él. Sin duda, ella opinaba lo mismo de mi amigo.

Y las complicaciones habían aumentado gradualmente con el inicio de los trámites para la desligación definitiva.

—Por suerte la cerveza está helada —me dijo Gastón en algún momento—, afuera hace tanto calor como en el Infierno.

—¿Cómo en el Infierno? —pregunté—. ¿Estás seguro?

—Por supuesto —me aseguró—, como en el mismísimo Infierno. ¿No lo crees posible?

—Así es... —dije—. Es imposible.

—¿Por qué?

—Porque el Infierno sólo es ficción —aseguré—. Es bastante improbable que exista a estas alturas. Y si existe, ya debe estar congelado.

—¡Congelado! ¿Tú crees? —me cuestionó Gastón, después de pensarlo unos instantes—. ¿Cómo lo sabes?

—*Lo sé*, Gastón: *debe estar congelado* —respondí—. Créeme. Estuve informándome en la Red, y encontré algunos puntos de vista dignos de considerarse.

—Pero en la Red se puede encontrar cualquier cosa.

—Es cierto —asentí—, pero uno debe utilizar su agudeza mental y seleccionar lo más razonable.

—¿Y qué encontraste?

—Varias cosas interesantes —respondí—. Por ejemplo, ¿cuál es tu concepto del Infierno?

—Mi concepto del Infierno…

Gastón levantó su vaso de cerveza y bebió un pequeño sorbo. Yo hice lo mismo. Por suerte, la cerveza todavía mantenía su baja temperatura.

—¿Y bien? —pregunté enseguida.

—Me imagino un Infierno clásico —me dijo—. Un sitio cavernoso, donde las flamas y el magma ardiente circulan por doquier. Todo esto amenizado, por supuesto, con esporádicos gritos y lamentos angustiosamente interminables de las almas torturadas por sádicos e insensibles demonios. Y a don Sata dirigiendo toda aquella macabra y eterna sinfonía.

—Muy dantesca tu apreciación —manifesté—. Yo me hubiera imaginado una escena más contemporánea: algo así como un anfiteatro lleno de políticos, abogados y gente linda, de aquella que sale en la TV y en las páginas sociales de los pasquines conservadores. Sin olvidar a los grandes empresarios y a otras preciosidades por el estilo, ni al ahora tan famoso *lumpen*: aquellos parásitos que día tras día han hecho del delito una forma de vida. Conozco a muchos que ya deberían tener asegurado su boleto de ingreso…

Gastón no pudo reprimir una sonrisa, quizás la primera que le advertí durante aquella tarde.

—¿Por qué crees que el Infierno ya no existe como tal? —me preguntó finalmente—. Soy todo oídos.

Había logrado mi primer objetivo: crear expectación en mi amigo. E indudablemente ésta sería una respuesta de muy largo aliento.

—*Primero*: supongamos que el *alma* posee el comportamiento de un gas ideal —comencé.

Pero Gastón me interrumpió.

—¿Tú crees?

—Por supuesto —asentí—. Al momento de expirar, una persona pierde, según algunas mediciones que se han hecho en algún sitio, aproximadamente unos veinte gramos. Incluso creo que se hizo una película al respecto. Por lo tanto, el *alma* tiene masa y, como es intangible, perfectamente su comportamiento puede aproximarse al de un gas ideal, ¿cierto?

Gastón asintió con un breve gesto. Con seguridad, estaba recordando la Ecuación de Estado: aquella que dice que el producto de la Presión por el Volumen de un gas es proporcional a la Temperatura del mismo.

—Entonces —continué—, debería cumplir la Ecuación de Estado para los gases ideales. *Segundo*: si nos vamos al complicado plano religioso, casi todas las religiones afirman que te irás al infierno si no perteneces a cada una de ellas en particular. Y dado que en general éstas son excluyentes entre sí, tu *alma* (y la de cada uno de nosotros) de todas formas se irá al Infierno en un abrir y cerrar de ojos. Además -aspiré un poco de aire dentro de aquel viciado ambiente-, una vez ahí, salvo casos muy excepcionales, es imposible salir. Por lo tanto, desde que el hombre inventó las religiones y todo su mitológico entorno, cada ser humano ha ido aportando su granito de arena al momento de expirar. Y esto se ha convertido en un flujo continuo de *almas* hacia el Infierno y éste, por consiguiente, a cada instante dispone de una masa mayor. ¿Estás de acuerdo?

Gastón asintió.

Ya íbamos en el cuarto vaso y la mirada de mi amigo se tornaba algo vidriosa.

—*Tercero*: si el Infierno está limitado, ya sea en forma física o metafísica, su volumen será constante —agregué—. Que yo sepa, nunca se ha dicho que el Infierno esté en flagrante expansión, sino sólo que está cada vez mucho más atestado. Dicen algunos que la gente *se muere* por ir hasta dicho lugar. Y de acuerdo a esto —concluí—, la temperatura del Infierno irá en aumento a la par que la presión interna, pues ésta se incrementa poco a poco con cada nueva *alma* que ingresa.

Mientras Gastón asentía nuevamente, bebí otro sorbo de cerveza para lubricar un poco la garganta. Aunque mi amigo no había hablado recientemente, también hizo lo mismo.

—*Cuarto*: se hace entonces necesario que el Infierno disponga de un mecanismo que vaya bajando su temperatura medioambiental —concluí—. Y aquí tenemos dos opciones: *a)* Si la tasa de enfriamiento es menor que la de calentamiento, el Infierno se consumirá a sí mismo y se destruirá. *b)* Si la de enfriamiento es mayor que la de calentamiento, llegará un momento en que el Infierno se congele y también se destruirá. Por lo tanto, en ambos casos la conclusión es la misma: el Infierno dejará de existir en algún momento. Además, ambas tasas no pueden ser iguales entre sí pues el flujo de *almas* es variable en el tiempo.

Gastón estaba sin duda sorprendido.

—Pero tú me aseguraste hace un momento que ya debía estar congelado —me increpó—. ¿Cómo es eso?

—¡Ah! —exclamé—. Eso es otra cosa.

—Explícate.

—¿Te acuerdas de Petronila Carrasco, la *Pecky*? —pregunté.

—Por supuesto, cómo podría olvidarla… —me dijo Gastón, sonriendo maliciosamente.

—Bueno —comencé a explicar—, al poco tiempo de conocerla, ella me dijo textualmente: «hará mucho frío en el Infierno antes que yo me acueste contigo», y puesto que la pasada semana ella lo hizo, e incluso más de una vez, el Infierno ya debe estar congelado en estos momentos.

Infalible e indetectable

J oaquín era un pusilánime. Siempre lo había sido. Era un hombre sin decisiones que durante toda su existencia se había dejado arrastrar por el caudal de la vida. Y, lo peor de todo, era que él estaba consciente de aquello y nunca hizo el menor esfuerzo para evitarlo. Hasta cierto punto, le agradaba vivir a la sombra de los demás. No obstante, poco a poco su vida se fue transformando en un cúmulo de sensaciones negativas y de ambiciones postergadas. Por lo mismo, un día resolvió romper sus lazos con el pasado y cambiar en forma definitiva su vida.

Pero había un pequeño problema: en aquel momento estaba a punto de cumplir siete años de infeliz matrimonio, y en su vida laboral todavía permanecía a la sombra de los novatos y trepadores que, a fin de cuentas, se apropiaban de sus escasas buenas ideas y en forma paulatina él iba siendo marginado por sus jefes y pares.

Lo primero sería comenzar en su casa eliminando a la *bruja* que, día tras día, nunca dejaba de recriminarlo por su falta de iniciativa y ambición. Era cierto que los problemas económicos no los atosigaban en demasía, pero su mujer siempre le exigía mucho más. Por lo mismo, pensó en contratar un sicario para que éste fuese quien se manchara las manos, pero muy pronto descartó tal opción por resultar demasiado onerosa. También era evidente que un desembolso muy cuantioso desde su cuenta de ahorros sería mirado con suspicacia por los efectivos policiales, y él no deseaba quedar en la mira de nadie, mucho menos de la policía.

Pero aquel día debía trabajar. No deseaba quedar bajo la lupa de alguno de sus jefes y levantar sospechas que pudiese lamentar *a posteriori*. Por lo mismo, en ningún instante se desvió de la rutina habitual para un día lunes.

Después del almuerzo resolvió buscar en las Páginas Amarillas, pero todo fue infructuoso. Enseguida, pensando que su criterio de búsqueda no era el adecuado, procedió a consultar mediante el teléfono.

Primero escuchó una voz sin inflexiones que le advirtió que dicha conversación podría eventualmente ser grabada, y después una música desagradable y un par de clics.

—Le habla Carolina —respondió una voz a través del auricular—. ¿En qué puedo ayudarlo?

Joaquín guardó silencio.

—¿Aló? —dijo la mujer.

Y Joaquín se decidió finalmente a consultar.

—¿Veneno? —inquirió la joven después de un breve lapso.

—Sí —asintió Joaquín—, eso es. Una tienda de venenos infalibles e indetectables.

—Lo siento —respondió la mujer, y agregó antes de colgar—. No puedo ayudarlo.

—¡Maldición! —alcanzó a imprecar Joaquín al escuchar el clic pero, como siempre ocurrió, nadie en la oficina lo advirtió.

Cinco minutos más tarde sonó el teléfono.

—¿Sí? —contestó Joaquín.

—Hola —dijo una voz femenina—, soy Carolina. ¿Me recuerda?

—Eh…, sí —respondió Joaquín—. La recuerdo.

—He conseguido un dato que puede servirle… —agregó Carolina—. ¿Todavía está interesado?

—Sí.

Y la mujer le dio las señas del lugar.

—En dicho sitio, debe contactar a Matsushita —agregó finalmente—. Dígale que va de parte de Téllez.

—¿Carolina Téllez? —preguntó Joaquín.

—No —dijo la mujer—, solamente Téllez.

—Bien. Así lo haré. —Era evidente que Téllez era un nombre clave y no el apellido de la mujer que le había informado.

Y aquella conversación nunca tuvo lugar.

Después de aquella improductiva jornada laboral, pensando quizás en el estereotipado y ya legendario aspecto del zurcidor japonés, una figura flaca e insignificante, ataviada con un terno que pese a ser de su talla le calzaba como virtual chaleco de mono, se dirigió hacia el sector de Providencia en busca del local que Téllez le había señalado. Y luego de recorrer parte de la avenida principal e internarse en dos o tres callejas poco transitadas, la tienda de hierbas, inciensos y artilugios místicos y esotéricos quedó ante su vista. No lo pensó dos veces e ingresó de inmediato.

El pequeño local comercial era atendido por un hombre caucásico, rubio y con rasgos germánicos, bien parecido, que frisaba los cuarenta años.

—Buenas tardes —dijo Joaquín—. Busco al señor Matsushita.

—¿Matsushita? —preguntó el dependiente—. ¿Está seguro?

—Sí —asintió Joaquín y, después de observarlo directamente a los ojos, agregó—. Me envía Téllez.

—¿Téllez? —El hombre germánico arqueó una ceja.

Joaquín efectuó un claro gesto de asentimiento.

El hombre caucásico lo observó durante un breve instante, sopesándolo.

—Ya veo —dijo, y enseguida agregó—. Yo soy Matsushita.

—¿¡Usted!? —se extrañó Joaquín, e hizo notar su inquietud—. Yo esperaba…, digamos…, que Matsushita fuese alguien más oriental.

Matsushita sólo efectuó un claro gesto de resignación, y enseguida agregó:

—No todo es siempre lo que parece.

Joaquín lo pensó durante un parpadeo y luego asintió.

—¿Y qué es lo que desea? —preguntó Matsushita. Era evidente que el hielo inicial había desaparecido.

—Deseo un veneno que sea infalible e indetectable —dijo Joaquín en voz baja.

—Un veneno infalible e indetectable… —repitió Matsushita, como buscando dentro de un inventario mental, y agregó—. Sí, tengo uno que cumple con aquello.

—Perfecto.

—¿Lo necesita de inmediato?

—Sí —asintió Joaquín, por vez primera muy seguro de sí mismo—. ¿Cuál es el precio?

—Cien mil.

—¿¡Cien mil!?

—Sí.

—Es curioso —manifestó Joaquín—. Aquella es la cantidad exacta que dispongo en este momento.

—Entonces podremos hacer la transferencia de inmediato —concluyó Matsushita.

Joaquín asintió.

—Vamos a un lugar donde podamos hablar con mayor tranquilidad —dijo Matsushita y señaló hacia el exterior.

—Vamos —asintió Joaquín.

Poco antes de franquear la puerta, Matsushita observó hacia el interior y llamó:

—María, hazte cargo de la tienda... Yo vuelvo enseguida.

—Bueno —respondió una voz femenina y algo lejana—. No tardes.

Ya en la calle, Matsushita señaló un *Café con Piernas* que había en la vereda de enfrente y hacia dicho sitio dirigieron sus pasos.

La atmósfera dentro del Café, extraña mezcla de efluvios ya imposibles de identificar, era tan densa que fácilmente podría cortarse con un cuchillo; y la estridente música llenaba hasta los intersticios más recónditos dentro de aquel antro.

—¿Es éste un buen lugar para conversar? —preguntó Joaquín con extrañeza.

—Por supuesto —asintió Matsushita—. Éste es el mejor sitio para pasar inadvertidos ante miradas curiosas.

Joaquín no protestó. Sólo se dejó llevar a través de aquella atmósfera en extremo contaminada hasta que ambos llegaron a una mesa algo apartada de los demás parroquianos.

—Ésta es mi mesa..., mi oficina en realidad —manifestó Matsushita, y agregó—. Puede usted sentarse.

—Bien —dijo Joaquín, y de inmediato agregó—, pero deseo advertirle algo.

—¿Qué cosa?

—Nosotros nunca nos hemos conocido.

—De acuerdo —asintió Matsushita, pensando que aquello era lo obvio en casos como éste.

Casi de inmediato, una joven voluptuosa y escasamente vestida se acercó a ellos.

—Lo acostumbrado —dijo Matsushita.

—¿Y usted? —preguntó la camarera.

—Un café negro —respondió Joaquín y, después de ajustarse los anteojos de carey para observarla con mayor detalle, recalcó—. *Bien* negro.

Y de inmediato la muchacha se marchó para regresar tan sólo un instante más tarde con lo ordenado por ellos.

Mientras degustaba su café, Joaquín pensó en hablarle de sus problemas a Matsushita. Quizás deseaba explayarse para, de una u otra forma, justificar lo injustificable. Pero no lo hizo. Observó al hombre que estaba sentado frente a él y vio que era un perfecto desconocido, y nadie cuerdo puede ser capaz de confiar en un perfecto desconocido.

—¿Y el dinero? —preguntó Matsushita luego de concluir su café.

—Por supuesto —respondió Joaquín al instante que sacaba un sobre voluminoso desde uno de sus bolsillos interiores, colocándolo enseguida sobre la mesa y deslizándolo en dirección a Matsushita—. Son billetes de baja denominación.

—Perfecto —respondió Matsushita al instante que guardaba el sobre sin observar su contenido.

—¿No lo contará?

—No —respondió Matsushita—, confío en usted.

—Bien —asintió Joaquín pensando en lo irónico de la situación. ¿Era posible confiar en alguien que deseaba envenenar a su esposa?

Pasaron otros cinco minutos de charla circunstancial: el fútbol del fin de semana, las desacertadas medidas del gobierno de turno, el doble estándar de muchas personalidades públicas y muchos otros hechos demasiado superfluos para un exhaustivo detalle de los mismos.

—¿Es infalible? —preguntó Joaquín en voz baja, cambiando en forma radical el tema de conversación.

—Sí, lo es. Incluso no tiene un antídoto conocido.

—¿Indetectable?

—Por supuesto —afirmó Matsushita—. Es el veneno perfecto.

—¿Está completamente seguro? —preguntó Joaquín con nerviosismo.

—Sí —dijo Matsushita, y agregó—. Hasta el momento, ninguno de mis clientes se ha quejado al respecto.

—Perfecto. No quiero que sea como uno de aquellos venenos que usualmente utilizan en el Vaticano… —agregó Joaquín.

Matsushita reflejó extrañeza en su rostro.

—¿Cómo dice?

—¿No recuerda a uno de los últimos papas? —aclaró Joaquín—. Aquél que murió apenas asumido el mando, justo después de anunciar algunos cambios radicales.

—Por supuesto.

—Dicen las malas lenguas que su cadáver se puso verde a las pocas horas de fallecido.

—¿Verde?

—Sí, así fue —concluyó finalmente Joaquín—. Por suerte para ellos, no hay autopsias en el Vaticano.

Matsushita esbozó una sonrisa, y de inmediato extrajo de sus holgados ropajes un reloj de cadena, posiblemente de oro, y observó la hora. Joaquín hizo lo propio. Habían pasado casi diez minutos.

—El tiempo vuela —comentó Joaquín…

—Así es —asintió Matsushita.

Acto seguido, Joaquín posó su escrutadora mirada sobre el rostro de Matsushita, observó a diestra y siniestra, y preguntó:

—¿Y el veneno? ¿No debería dármelo?

—Ya se lo he dado —afirmó Matsushita, esbozando una leve sonrisa mientras se arrellanaba en su silla a fin de observarlo en su imprevista agonía.

En aquel preciso instante, después de observar los humeantes vapores que emergían de la vacía taza de café que aún permanecía delante de él, Joaquín advirtió con indudable rapidez como todas las siluetas comenzaban a tornarse cada vez más y más difusas.

Y aquel veneno era infalible e indetectable.

Algarabía vespertina

*A*l igual que todos los jueves del año en curso, me encontraba sentado de espaldas a la antigua casa patronal, ahora destinada a la ejecución de diversas actividades del quehacer artístico local, casi inmerso en la verde y frondosa espesura, cuando de pronto me sentí ligeramente observado.

Sin perder un segundo, observé con el ceño fruncido en dirección a la gran pileta de aguas turbias, esperando quizás que alguna grotesca y escamosa entidad emergiera, con pasmosa lentitud, para intentar devorarme. Pero mi decepción fue mayúscula al comprobar que en dicho sitio todo estaba en calma: la mohosa estatua de una antigua y desconocida deidad vigilaba, desde tiempos inmemoriales, que ahí todo estuviese en orden.

Enseguida, observé hacia las distantes encinas en la búsqueda de alguna inusual presencia pero, a excepción de una emergente brisa que poco a poco comenzaba a manifestarse en las alturas y casi por encanto, la sensación de calma era aún mayor.

Por lo mismo, resolví enfrascarme una vez más en mi lectura que, en aquel preciso instante, se hallaba empantanada entre las lucubraciones personales de un escritor que, de una u otra forma, trataba de impedir la fluidez natural de la historia que se empecinaba en contar.

Minutos más tarde, mientras optaba ya por saltarme unas cuantas páginas en las que el tedio alcanzaba un riguroso e inexpresivo clímax, nuevamente me sentí observado. Empero, en esta ocasión hice caso omiso de la tácita presencia de aquella escamosa entidad, mirando directamente hacia las frondosas encinas.

Y quedé estupefacto.

El rostro pálido-verdoso de una hermosa muchacha me observaba con vivo e inusitado interés, mas su esbelto cuerpo de pronto emergió de entre las encinas como si en dicho sitio existiera un invisible portal conducente hacia un mundo fantástico, fascinante y único. La joven y agraciada muchacha iba descalza y sus finos pies apenas parecían tocar el suelo cuando ella brincaba de un sitio a otro. Además, su diáfano y simple vestido parecía prolongar y suavizar sus movimientos y las líneas de su danza pastoral.

En definitiva, ella no era de este mundo. Al verla, a tan corta distancia, nadie lo pondría en duda.

Enseguida, una extraña ternura comenzó a aflorar a través de todos los poros de mi cuerpo mientras la observaba casi extasiado. De pronto, al momento que un efluvio de aromas primaverales, etérea aura de intangibles e invisibles palpos, intentaba embriagarme a su paso cual irresistible ambrosía, regresé de inmediato a la realidad.

Pues había un ligero e importante detalle: ella no estaba sola. Tras sus pasos apareció un lascivo y somnoliento fauno que, en torpes intentos debidos quizá a sus pies no aptos ya para la danza, trataba de emular la gracia de la inquieta dríade mientras ella, en sucesivas y coquetas idas y venidas, no dejaba que éste se retrasara en demasía. En lengua vernácula, era evidente que ella lo estaba engatusando.

Entonces, aunque con triste pesar advertí que el baile no estaba dirigido hacia mi persona, me desentendí por completo del libro que, hasta dicho instante, ocupaba mi exigua atención y comencé a observar con detalle todos y cada uno de los gráciles pasos de aquella divina coreografía.

Una estela de mariposas, cada una más hermosa que la otra, parecía prolongar los sinuosos movimientos de la muchacha y una multitud de pequeñas avecillas, de las mismas que a menudo inspiran al Poeta Erasmus en su arte, la antecedían con singular protocolo como informando de su presencia entre ellas.

Finalmente, todavía con la sensualidad a flor de piel y sin mostrar un ápice de cansancio, la muchacha desapareció tras unos frondosos matorrales. Acto seguido, cuando el fauno simulaba haber perdido su pista, una pulcra y delicada mano emergió de entre los arbustos, lo aferró con fuerza y también éste desapareció con rapidez casi humorística desde mi campo visual. Después, sólo escuché risas y algunos ruidos extraños.

En dicho momento comprendí, muy a mi pesar, que aquel ya no era un buen sitio para un observador circunstancial.

Segundos más tarde, pensando en lo azaroso y caprichoso del destino, me marché con rapidez en dirección a mi hogar. Aunque por un momento pensé que sólo había sido víctima de algún compuesto alucinógeno transportado por la brisa vespertina, quizás algún tipo de espora o algo similar, muy pronto deseché tal interpretación. Era indudable que el destino había movido algunas piezas esenciales para que yo fuese el único y afortunado testigo de aquella fantástica bacanal.

Pero estaba muy equivocado.

Un par de semanas antes, durante aquellos dos o tres días en que el recinto estuvo cerrado, habían sido instaladas numerosas microcámaras de seguridad al interior del Parque Gabriela y, gracias a la evolución tecnológica que nunca deja de asombrarnos, toda aquella algarabía derrochada casi a raudales por la muchacha y su afortunado compañero había sido registrada... Incluso la escena ocurrida entre los matorrales, junto a otras posteriores que yo nunca hubiese llegado a imaginar.

Y la pareja de jóvenes funcionarios involucrada, la misma que en repetidas ocasiones había sido tan elogiada por quedarse trabajando hasta mucho más allá de la hora límite, fue de inmediato desvinculada de la institución debido a conductas impropias efectuadas dentro del recinto cultural antes mencionado.

La Ceremonia

Y juntos los encuentra el sol,
a la sombra de un farol,
empapados en alcohol,
magreando a una muchacha.

FIESTA, JOAN MANUEL SERRAT.

*L*os tradicionales juegos de fuerza y destreza, aquella sana competencia grupal que temporada tras temporada demarcaba el inicio oficioso de cada nuevo año académico, terminaron con absoluta normalidad poco antes del ocaso de un día sin luna. Y, al igual que en las tres ocasiones anteriores, el vencedor había sido la Alianza de la Escuela de Ingeniería. Por lo mismo, tal como el protocolo lo señalaba para también homenajear al vencedor del año anterior, el fastuoso escenario destinado a la Ceremonia de término de tales juegos fue levantado una vez más en el frontis mismo del antiguo Edificio Administrativo.

Los alumnos, después de consumir algún refrigerio o simplemente charlar entre ellos, poco a poco comenzaron a instalarse en torno a la plataforma principal del escenario. Y, mientras el continuo rumor se acrecentaba por momentos a la par que avanzaban los preparativos finales y las infaltables pruebas de sonido, de pronto comenzaron a llegar las autoridades académicas y administrativas de la Universidad. Sin embargo, ésta era en esencia una fiesta de los alumnos y, dada la masiva concurrencia de éstos a la ceremonia, se acostumbraba celebrarla al aire libre.

Los tocados de los Profesores Titulares resplandecían en medio de los deslucidos uniformes de los académicos de menor jerarquía y de los chaplinescos trajes de etiqueta de los Premios Nacionales, la mayoría ancianos cascarrabias que sólo dejaban transcurrir el tiempo calentando un mullido asiento en alguna decrépita y encumbrada oficina, o dejándose ver sólo de vez en cuando para recibir insulsas felicitaciones por posibles logros pasados o simplemente ajenos.

Algunos de los estudiantes de provincia y del extranjero vestían sus trajes típicos en los que resaltaba el colorido, muchas veces excesivo a la par que vistoso; y los señoritos del Barrio Alto lucían sus variopintas escarapelas y medallas familiares, muchas de ellas de dudoso y oscuro origen, prendidas en sus aterciopeladas túnicas de alta costura. Por lo mismo, era indudable que, después de muchos años de intransigente lucha entre los estudiantes y los poderes fácticos enquistados en la sociedad, la diversidad del estudiantado se había acrecentado finalmente gracias a la gratuidad de la educación impartida por las universidades tradicionales, sin mermar en absoluto la acostumbrada calidad de la misma. Una calidad a la que ya no estaba permitido mirarle los dientes.

Y ahora todo estaba listo y dispuesto para el inicio de la Ceremonia.

* * *

La Ceremonia…

En el escenario, mientras la pequeña y bullanguera orquesta afinaba sus instrumentos y ensayaba algunos acordes, todos iban y venían de un lado a otro con aspecto de preocupados y parecían muy enfrascados en sus quehaceres.

De pronto, cuando todos parecieron esfumarse de la zona áurea del escenario, el locutor oficial se detuvo frente al micrófono y con el dedo anular dio tres golpecitos sobre éste.

Toc, toc, toc.

—Silencio, por favor —dijo y, cuando el clamor general comenzaba a disminuir en forma notoria, agregó—. Gracias.

En aquel instante, la orquesta comenzó a ejecutar el glorioso himno de la universidad. Y todos, absolutamente todos, apoyaron la palma de su diestra mano sobre el corazón y comenzaron a cantarlo en respetuoso silencio.

Terminada la solemne interpretación del himno, se procedió con la coronación de los nuevos monarcas. La nueva Reina Mechona, que parecía provenir de un intercambio estudiantil con alguna institución de los Países Nórdicos, indudablemente del sector que no fue destruido por la caída de aquella tan renombrada estación espacial, fue coronada por el saliente Rey Feo. Y la contraparte masculina, que hacía verdadero honor a su nombramiento de Rey Feo, fue coronado por la taciturna y ensimismada Reina saliente.

Enseguida, después que los nuevos monarcas agradecieron la presencia de las autoridades y asistentes en general, ocuparon con elegancia sus asientos emplazados en la parte alta del escenario: una ubicación preferencial desde donde podrían observar a la perfección el resto de la ceremonia. Por su parte, después de entregar sus pequeños cetros simbólicos a sus respectivos sucesores, los antiguos monarcas fueron escoltados en silencio y a paso cansino hasta la parte baja del escenario, donde esperarían que todo concluyera. Una corta y a la vez larga espera para ambos.

Y ahora le tocaba el turno a la pintoresca ceremonia religiosa.

Desde la descomunal debacle de las instituciones religiosas tradicionales, ocurrida después del Día de la Gran y Única Revelación, ya no se hablaba de religiones sino de tendencias o corrientes espirituales. Sin duda, hubiese sido insensato que fuera de otro modo. Por lo mismo, esta parte de la Ceremonia sería oficiada por la corriente mejor evaluada durante el año precedente: los Malaquitas. Una corriente afincada tan sólo hace unos quince años en el país, en el corazón mismo de Pirque; y cuyos devotos habían aumentado casi en forma exponencial durante los últimos cinco.

Acto seguido, sin preámbulo alguno ni parafernalia asociada, el barbudo líder espiritual de dicha corriente comenzó a subir al escenario con todos los pertrechos y utensilios necesarios para quedar en paz con los Espíritus Ancestrales y la infaltable Pachamama.

A simple vista, su atuendo consistía en simples polainas de cuero sintético con flecos a los lados y mocasines verdes. Por el momento, no se veía que tuviera alguna camisa, pantalones u otro tipo de prenda, pues tenía el cuerpo cubierto desde los hombros con una fina manta artesanal de color gris. Su cabello era de un negro azabache, liso y peinado hacia atrás cayéndole hasta la cintura. Su cara era redonda, de rasgos casi indefinibles, y sus mejillas estaban pintadas de italiano intenso: verde, rojo y blanco. En otra época, su aspecto habría sido visto con curiosidad y quizás algo de indudable animadversión; pero ahora, gracias a la diversidad y tolerancia inherentes a la sociedad en general, sería visto con indiscutible respeto e interés.

De inmediato, después de abrir un pequeño saco de rústica arpillera, comenzó a distribuir diversos objetos sagrados sobre el escenario: un cáliz metálico, un pequeño ídolo de jade, una palmatoria provista de una vela aromática que encendió de inmediato mediante alguna técnica de prestidigitación que nadie advirtió, una gavilla de mandrágora u otra hierba muy similar, pequeñas barras multicolores de incienso, un amarillento pergamino, el brilloso cráneo de algún animal doméstico caído en desgracia y otro par de cosas no identificables a simple vista.

Luego, después de observar la ubicación de cada uno de los objetos, se despojó con brusquedad de su manta ceremonial para quedar vestido tan sólo con un pequeño y holgado pantalón marrón; y comenzó a ejecutar una rítmica y monótona danza tribal, muy similar a las ejecutadas por los Pieles Rojas en las antiguas películas gringas, en torno al fuego sagrado que había sido previamente desplazado hacia el centro del proscenio.

De pronto, se detuvo un instante y se inclinó para recoger el cáliz, colocó un líquido amarillo-verdoso en su interior y lo levantó con ambas manos sobre su cabeza, ofreciéndolo a la multitud que observaba con inusitado interés. Luego bebió el contenido de éste y lo dejó nuevamente sobre el suelo, pero en posición invertida.

Observó hacia la multitud y después retomó la danza rítmica original. Sin embargo, mientras avanzaba en la ejecución de ésta, su rostro había ido transformándose de tal manera que apenas era ya reconocible. Parecía estar en un extraño trance, de aquellos producidos por la ingesta de alguna de esas drogas psicotrópicas que estuvieron tan de moda a finales del siglo XX, y su cuerpo ahora refulgía como si poco antes hubiese sido embetunado de pies a cabeza con algún tipo de crema o aceite de origen vegetal.

De pronto, en lo que parecía ser la parte final de su danza ritual, todavía alentado por el rítmico y entusiasta golpetear de palmas de todos los asistentes, una extraña tensión recorrió de punta a cabo todo su cuerpo, intensificándose en la musculatura facial, quizás buscando una vía de escape…, una sangría que le permitiera de inmediato pasar al anticlímax.

Y así ocurrió: se puso a dar saltos endiablados a diestra y siniestra, agitando al mismo tiempo los brazos y las piernas en todas direcciones como si estuviera poseído por alguna intangible entidad, quizás de origen demoníaco, hasta quedar finalmente semiarrodillado delante del fuego sagrado y apoyando ambos puños sobre el suelo, a la clásica usanza de un atleta a punto de comenzar la carrera de su vida.

Se produjo entonces un fuerte e indescriptible ruido que retumbó como el sonido de un trueno distante o, al menos, así le pareció a todos los asistentes. Casi de inmediato, quizás desde lo más profundo de sus entrañas, surgió un gruñido casi infrahumano, seguido de un resoplido corto y áspero, intermitente, emulando de cierta forma al emitido por un búfalo salvaje poco antes de dar inicio a una embestida, que de inmediato se convirtió en un grito agudo y destemplado. No obstante, en un abrir y cerrar de ojos, su rostro volvió a recuperar la resignada expresión inicial como si nada en absoluto hubiese ocurrido segundos previos.

De inmediato su cuerpo fue cubierto una vez más con la manta ceremonial y, mientras su joven asistente recogía los diversos objetos sagrados y los guardaba sin cuidado alguno dentro del saco, se retiró del escenario sin decir palabra alguna.

Después de una breve y necesaria pausa no exenta de comentarios ni de expresiones de perplejidad entre los asistentes, se dio inicio al desfile de varias comparsas, estudiantiles todas, ejecutando la más fina y diversa selección de danzas tribales contemporáneas y clásicas, muchas de ellas de origen urbano. Cada una de éstas vitoreada por la entusiasta y festiva concurrencia que observaba, tanto por la belleza y originalidad de las coreografías desplegadas como de la turgente juventud y entusiasmo de sus integrantes.

Luego, según lo dictado por el protocolo, la Ceremonia siguió con el formal discurso de la máxima autoridad universitaria.

El siempre honorable y apergaminado Decano-Rector, el excelentísimo Fulgencio Anacletus Brieva III, que a su vez también era el Presidente en Funciones de la Oscura y Secreta Cofradía de los Albañiles Renovados, la OSCAR, vestía la inmaculada túnica grecorromana habitual para aquel tipo de ceremonias. Además, su ensortijado y encanecido cabello estaba adornado con la clásica corona de hojas de laurel, que daba fe de su ilustre posición e investidura dentro del siempre selectivo claustro universitario. Y también calzaba cómodas sandalias del más fino poliuretano importado, de aquellas que sólo unos pocos podían costear.

Después de subir al escenario, dejó apoyado el Cetro Rectoral en el pedestal del micrófono y se mantuvo un momento enhiesto con singular solemnidad en medio de la plataforma principal, observando con satisfacción hacia el alumnado que, en aquel instante, llenaba el frontis del vetusto edificio y se extendía como un colosal monstruo tentacular llegando, incluso, hasta la entrada lateral del Gimnasio Olímpico Lord James González y el carcomido busto de Juvenal el Encapuchado, todavía instalado cual indiferente e inútil gárgola frente al siempre vistoso y concurrido Carrusel de los Narcotraficantes.

Y en aquel preciso instante, al unísono, como obedeciendo sin cuestionarse a un invisible y autoritario chambelán interno, todos callaron para escucharlo.

Entonces, desde uno de los pliegues laterales de su túnica, el Decano-Rector extrajo un amarillento rollo de pergamino que de inmediato, aunque con inusitada lentitud, comenzó a desplegar ante sus miopes ojos. Era el famoso pergamino del Discurso Federici (o Federisshi, como aseguraban algunos eruditos expertos en el tema), cuyo origen se había perdido ya entre las arenas del tiempo y que ahora se utilizaba simplemente para ensalzar los valores de la entusiasta juventud universitaria y, al mismo tiempo, hacer hincapié en la fragilidad del cambio que, en todo instante, podría estar acechando desde el sitial más inesperado y con intenciones no siempre muy claras.

Como era de esperar, aquel singular alarde oratorio fue coronado con unas cuantas frases pomposas y rimbombantes, muchas que en otro tiempo y lugar habrían sido consideradas un tanto amaneradas, desde las que desbordaba casi a raudales el altruismo y la probidad.

Finalmente, después de concluir la lectura del discurso y de llamar a la reflexión frente a su enrevesado contenido oculto, enrolló el pergamino y lo guardó con delicadeza en su estuche de baquelita. Era indudable que, aunque tal lectura nunca dejaba de asombrar a los espectadores, aquella era una rutina mil veces repetida. Luego, retiró el gastado y nudoso Cetro desde su posición de descanso y, deseándole suerte a todos y a cada uno en la aventura que recién comenzaba, abandonó con lentitud el escenario. A simple vista, parecía haber envejecido cien años desde el inicio de su presentación.

En forma casi simultánea, como si tal orden les hubiera llegado a través de un *chip* insertado en sus cerebros, gran parte de los académicos, autoridades e invitados ilustres, comenzaron a retirarse en forma discreta. Para ellos, dentro de unos cuantos minutos y a puertas cerradas, incluso para la oficiosa prensa de la Facultad, comenzaría el tradicional cóctel en el lujoso Salón por el Pluralismo y la Multidiversidad Genómica Héctor Ramiro Cabrón.

Acto seguido y casi por arte de magia, reapareció el locutor oficial de la Facultad y observó con singular picardía a los alumnos mientras se desanudaba con inusitada rapidez el incómodo corbatín protocolar.

—¿Estamos todos sedientos? —preguntó, perdiendo todo atisbo de solemnidad y elegancia antes proyectado mientras, a la usanza de algún antiguo roquero sobre el legendario escenario de Woodstock u otro muy similar, colocaba ambas manos tras las orejas a fin de escuchar mejor la respuesta que, por supuesto, no se hizo esperar.

—¡Síiiiiiiiiiii! —rugió el monstruo de mil gargantas.

—Entonces —dijo el locutor—, desde ahora dejo todo en las manos de nuestra hermosa Reina Mechona y de su Rey Feo. —Y se esfumó del escenario casi de la misma forma en que poco antes había aparecido.

Por lo mismo, apurándose en aceptar el relevo en forma personal y antes que la Reina se le adelantara, desde aquel momento el Rey Feo se transformó en el nuevo y bisoño Maestro de Ceremonias.

El ambiente general cambió en menos de lo que tarda un parpadeo.

—¡La Ceremonia es nuestra! —dijo el Rey Feo, mientras levantaba la mano izquierda empuñada—. Y ahora… —agregó de inmediato, mientras los asistentes agitaban en alto sus palmas en dirección al escenario—. ¡Cerveza para todos!

El entusiasmo estalló de lleno en todos los sectores: ahora la fiesta era en exclusiva de los jóvenes; y era indudable que ellos lo sabían muy bien. De inmediato, el nombre de ambos monarcas fue coreado por todas las bocas casi hasta el cansancio, mientras los integrantes de las comparsas procedían a repartir el frío néctar de los dioses entre los asistentes al espectáculo.

Además, la música generada en forma aleatoria, esencialmente rítmica, reemplazó temporalmente a la fatigada orquesta oficial. Ésta era la tendencia que ahora estaba de moda entre la juventud. Frenética casi hasta lo irracional e inimaginable, llenando todos los espacios con su impronta sensorial, sin permitir al mismo tiempo que nadie permaneciera indiferente. Era imposible que así ocurriera. Por lo mismo, el monstruo de mil brazos, piernas y ojos, cobró vida de pronto. Una vida aletargada durante un año exacto. Diferente en sus átomos y sinapsis, pero igual en todo su aspecto exterior. Trasmitiéndose palpitante, sensible y bullente, hacia todos sus tentáculos. Era la máxima expresión del paroxismo grupal, de lo siempre temido e ignorado que ahora bullía a flor de piel entre todos los espectadores que, en el sentido más estricto, ya no eran tales.

La música electrónica continuó, incesante y colérica, hasta que el último participante recibió su ración de cerveza. Así debía ser. Tal era el entusiasmo inagotable de la juventud, envidiable y único, en especial durante este hito que para muchos de ellos lo significaría todo.

Cuando la Ceremonia parecía concluir en forma oficial, el Rey Feo, aún ataviado con sus vestidos de gala aunque ahora ligeramente *descangayado* -con la diadema de plástico adornada con grandes plumas, junto al pecho, los brazos y los tobillos, luciendo sus esplendentes joyas de fantasía que resaltaban sobre el resto de su ajustado atuendo-, encendió una primera antorcha en el fuego sagrado, bullente desde el comienzo de la semana de los juegos de iniciación, y con enervante parsimonia la entregó a la Reina Mechona. Enseguida, encendió la segunda antorcha y ambos, tomados de la mano, procedieron a encender las piras de la purificación.

Era un momento importante, único, y él no deseaba cometer ningún error que denotara el exceso de adrenalina que corría a través de todo su cuerpo. Por lo mismo, a simple vista ignoró el pequeño tropezón de la Reina, al rozar ésta uno de los cables del equipo de amplificación, y sólo atinó a presionar con éxito su mano a fin que ella no perdiera el equilibrio y cayera en forma estrepitosa sobre el escenario.

A continuación, mientras los asistentes continuaban con sus incesantes vítores y algarabía destemplada, ambas piras comenzaron a arder cada vez con mayor rapidez sobre el piso refractario, en la parte más baja del escenario, quizás gracias a la ayuda de algún producto químico que aceleró el normal proceso de combustión de las ramas de espino, cuyas numerosas e hiperactivas pavesas de corta vida no tardaron en aparecer y esfumarse.

Tanto literal como metafóricamente, las piras sobre el escenario representaban el pasado; y, una vez más, el fuego purificador terminaba con el pasado para comenzar el nuevo ciclo resurgido desde las cenizas mismas de éste.

En breves palabras y obviando en metáforas, un espectáculo realmente dantesco, tanto por su generación, ejecución y significado.

Por fortuna, la tensión larvada de los primeros minutos ya se había disipado a estas alturas. Algunos pocos temían que, al igual que en la Ceremonia del año anterior, aparecieran de pronto los irascibles encapuchados e intentaran arruinar la fiesta destruyéndolo todo. Los mismos que a menudo ahora abogaban por una educación diferenciada según los estándares de antaño, asociados a las castas económico-sociales todavía vigentes. Y, aunque sólo se habían tomado las medidas de seguridad habituales para tal tipo de eventos, ninguno de aquellos energúmenos hizo su intempestivo acto de presencia. Sin duda, un buen augurio para el año académico que recién comenzaba.

Todos los estudiantes, como es lógico a estas alturas, tenían el rostro y el cuerpo pintados con los clásicos colores del arco iris, y estaban vestidos o semidesnudos igual que salvajes. También eran de inspiración primitiva sus adornos y joyas de fantasía, junto al cabello encrespado y lacado. Aunque algunos, al igual que los graduados e instructores más jóvenes que permanecieron con ellos, se contentaban con una sencilla y decorosa capa de pintura azul sobre la cara.

Finalmente, queriendo el Rey Feo manifestar de alguna forma su alegría por el éxito de la Ceremonia, procedió a repartir la última ración de cerveza artesanal entre los más cercanos, vaciando por completo los últimos barriles que habían quedado junto al escenario.

Enseguida, con un gesto que irradiaba una cortesía propia de la más noble estirpe, invitó a la Reina Mechona hasta el centro del escenario y, al ritmo de los últimos y obsesivos acordes musicales ejecutados por la oficiosa orquesta folclórica de la Facultad que había regresado con renovadas energías, ambos comenzaron a desnudarse para concluir con la frenética y pública consumación del acto sexual que, en un dos por tres, se extendió como reguero de pólvora y en forma masiva entre todos los asistentes.

Aquella había sido la señal para dar inicio a la orgía, la sin precedentes, el acto que en cierta medida coronaba toda la esencia del ser humano contemporáneo. Por tal motivo, todo el ilimitado recinto ahora hervía y se agitaba espasmódico como un caldero repleto de voraces lombrices en plena y vívida ebullición orgásmica, sin los anquilosados prejuicios de antaño ni distinción alguna entre cada uno de sus átomos esenciales.

Y con el último anticlímax estertóreo de los extenuados y desnudos cuerpos sudorosos yaciendo sobre el frío y húmedo pavimento ora embaldosado, ora asfaltado, mientras la suave brisa nocturna comenzaba a disipar las desfallecientes brasas de las piras del sacrificio, indistinguibles ya de las cenizas de los propios monarcas del ciclo anterior cuyos gritos destemplados habíanse disipado hacía rato en dirección a los cuatro vientos, se daba por iniciado el presente año académico.

Se acabó el *charqui*

L a pequeña Antonia estaba disfrutando de sus vacaciones de invierno. Por lo mismo, sin otras preocupaciones en su mente, durante aquella fría mañana se había levantado algo más tarde que lo habitual. Aunque el mal tiempo arreciaba en el exterior, la estufa estaba encendida y temperaba por completo la pequeña casa de madera. Lo único malo era aquel penetrante y envolvente olor a humo, un olor al que ella estaba acostumbrada.

Durante su tardío desayuno, observó con interés a sus padres. Con el habitual ceño fruncido de las mañanas, su padre leía un gastado periódico que le había prestado uno de los vecinos. Y su madre iba de un lugar a otro preparando los utensilios e ingredientes que más tarde ocuparía en la preparación del almuerzo. Al parecer, ella nunca descansaba.

De pronto, cuando Antonia estaba a punto de terminar su leche para ir en busca de su muñeca de trapo favorita, su madre se sentó a la mesa con aire preocupado.

—Oye, *Viejo* —dijo sin preámbulo alguno.

—¿Sí? ¿Qué pasa? —respondió su padre sin quitar la vista del periódico.

—¿No crees que ya es tiempo que Antonia lo sepa?

—¿Qué cosa?

—Ayer se nos acabó el *charqui* —dijo la mujer.

—¿Y? —el hombre dobló el periódico y miró a su mujer, luego a su pequeña hija que, al igual que él, parecía no entender.

—El *charqui*, *Viejo*. Se acabó.

—Busca en la bodega, *Mujer*.

—No hay más. *Se acabó.*

—¡Ah! —asintió el hombre. Finalmente había comprendido.

—¿Le decimos a la niña?

Su padre pareció reflexionar durante un breve lapso.

—Como quieras —respondió y, mientras Antonia miraba a uno y otra en forma alternada, agregó—. Tú sabes que esas son cosas de mujeres.

Mientras el hombre centraba nuevamente toda su atención en el diario, la mujer se acercó más a su hija y le dijo con seriedad:

—Antonia, hoy aprenderás algo importante.

—¿Qué cosa, Mamá?

—Algo que toda mujer debe saber —dijo su madre.

La ansiedad se reflejaba en el rostro de la niña, y sus ojos brillaron al saber que desde ahora sería partícipe de un secreto de suma importancia, quizás de alguno que estaba vedado para las niñas más pequeñas.

—Algo que te ayudará a salir del paso en los momentos difíciles —complementó la mujer—, difíciles como éste.

Y algo crujió al interior de la mente de la pequeña Antonia al notar, quizás por vez primera, que su familia estaba viviendo momentos difíciles.

Las cosas no marchaban bien en la casa de Antonia. Sin embargo, ella era todavía muy pequeña para advertirlo con certeza. El invierno no era la mejor época del año para los temporeros, en especial si éste se manifestaba demasiado crudo. Por fortuna, el Patrón les había prestado hacía tiempo una casa que ellos casi consideraban propia; a tal punto que ésta era la única que la pequeña Antonia había conocido durante su corta existencia. Además, aunque era evidente que ellos muchas veces desconfiaban de los afuerinos, los vecinos del caserío eran muy solidarios entre sí. Y todos respetaban los tácitos códigos ancestrales de comportamiento en cuanto a las necesidades básicas se referían.

—¡Antonia! —dijo su madre—. ¡Prepárate!

—¿Tan pronto, Mamá?

—Sí —asintió la mujer—. Anda ahora que dejó de llover.

—Sí, Mamá.

—Y ponte el abrigo.

Antonia asintió a regañadientes.

Enseguida, después de colocarse el abrigo, las botas y los guantes de lana, Antonia salió de su casa y esperó un rato en el porche a fin de ambientarse. Luego, haciendo de tripas corazón, partió sin mayor prisa en dirección a la casa de la señora Emilia.

Un par de minutos más tarde, después de limpiarse los pies en el felpudo, procedió a llamar a la puerta de su vecina.

Toc, toc, toc.

Nadie contestó.

Antonia observó hacia su casa y lo intentó una vez más.

Toc, toc, toc.

—¿Sí? ¿Quién busca? —dijo la señora Emilia con brusquedad mientras descorría las trancas y abría la ruidosa puerta.

—Hola, señora Emilia —dijo la niña.

—¡Ah! ¡Eres tú, Antonia! —la mujer la reconoció—. ¿Qué deseas?

—Eh, yo... —comenzó Antonia—. Mi mamá me dijo que le preguntara si usted..., si usted podría..., eh..., si le prestaría..., eh...

—¿Qué cosa, niña? —preguntó la mujer, impaciente.

Antonia miró varias veces hacia el suelo, avergonzada, esquivando una y otra vez la mirada directa de la señora Emilia, sin que las palabras adecuadas fluyeran a través de su boca.

—Es que en mi casa se acabó el *charqui*... —dijo finalmente.

—¿Se acabó el *charqui*? —preguntó la mujer.

—Sí.

—Ah..., entiendo —dijo la señora Emilia—. Pero en este momento no puedo... —se excusó.

La niña se sintió contrariada y miró furtivamente en un par de ocasiones en dirección a su casa, quizás buscando algún tipo de apoyo. Aquella respuesta la había descolocado todavía más.

—¿Puedes venir en una media hora? —preguntó la señora Emilia.

Antonia asintió y, sin despedirse siquiera, partió de inmediato hacia su hogar. A simple vista, para ella todo era parte de un juego, un extraño juego.

Media hora más tarde, Antonia llamaba nuevamente a la puerta de su vecina.

—Ah, eres tú —dijo la mujer, y agregó—. Has regresado justo a tiempo. Eso me gusta.

—Sí —asintió la niña.

Enseguida, la mujer le franqueó la entrada y Antonia ingresó a la casa; una casa mucho más grande y con muchas más cosas que la suya.

De pronto, mientras caminaban por el oscuro pasillo de acceso, Emilia se volteó y encaró con cierta brusquedad a la pequeña.

—¿Es tu primera vez, cierto?

—Sí —respondió Antonia, con un hilillo de voz.

La mujer sonrió comprensiva.

—No te preocupes —dijo—. No tienes por qué avergonzarte.

Y ambas se dirigieron hacia el cuarto más sagrado del hogar.

Según lo observado por los vivaces ojos de Antonia, la ceremonia había comenzado de inmediato al trasponer ellas el umbral de la cocina.

La señora Emilia se dirigió de inmediato a una repisa enorme que había junto a la estufa. Subió con cierta dificultad a una pequeña escalerilla y retiró una oscura palangana que había sobre la repisa, una ya ennegrecida por el uso. Luego observó con satisfacción su oculto contenido y preguntó a Antonia:

—¿Ustedes son tres, cierto?

—*Síp* —asintió la niña.

—Entonces con esto bastará —concluyó la mujer con una sonrisa.

Enseguida, colocó la palangana sobre el mesón de la cocina y cubrió su contenido con otra de similar tamaño, pero de menor profundidad, envolviendo luego todo el conjunto con un paño de cocina seco.

Y se lo entregó a la niña.

—Aquí está —dijo, y enseguida agregó—. Tienes suerte, pequeña. Éstos los acaba de devolver la señora Juana.

Antonia debió empinarse un poco para recibir el conjunto.

—Gracias, señora Emilia.

—Ve con cuidado —señaló la mujer mientras se frotaba las manos en su delantal.

Acto seguido, cuidando cada uno de sus pasos como si estuviese cruzando a través de un campo minado, Antonia se dirigió hacia su hogar.

Unos cuantos minutos más tarde, la niña ingresaba a su casa con el encargo en sus manos y sin perder un segundo se lo entregó a su madre.

—Gracias, hija —dijo la mujer mientras su padre, todavía leyendo el lustroso periódico, miró con cierta displicencia lo entregado por la niña.

La mujer procedió a retirar el paño de cocina y levantó la palangana que cubría el contenido de la otra.

—¿Está bien, Mamá? —preguntó la niña sin conocer siquiera el contenido de ésta.

—Sí, Antonia. Es perfecto.

Sonrió.

—Y justo a tiempo —agregó.

De inmediato, ante la incipiente decepción de su hija, la mujer retiró los suculentos huesos ahumados de vacuno desde la palangana y los introdujo en la cacerola donde estaban cocinándose las pancutras.

Veinte minutos más tarde, apenas unos cinco después de soltar el primer hervor, la madre retiró los huesos del guiso, los secó con su propio paño de cocina y los dejó nuevamente sobre la palangana prestada junto a la estufa para que, como era de esperarse, éstos agarraran una nueva ahumadita antes de devolvérselos a la señora Emilia.

—¡Antonia! —dijo la mujer al momento de retirar la cacerola de la estufa.

—¿Sí, Mamá?

—Anda *altiro* a devolverle el «dámele gusto» a la señora Emilia.

—Sí, Mamá —asintió feliz la pequeña: el empacho inicial ya había pasado, y de inmediato partió a cumplir con la tarea encomendada.

Poco importaría ahora si las pancutras de aquel día quedaban con un sabor residual de lentejas y porotos, e incluso *charquicán*, de otros días y otras manos. La ceremonia del «dámele gusto» estaba a punto de concluir.

Aritos de perla

Para Juanito, mi padre,
a quien le gustaba que lo llamaran así.

La noche del domingo, poco después que terminaron las noticias de la TV, el Patrón me llamó por teléfono a la casa. En esa época, los teléfonos celulares ni siquiera existían en la mente del sujeto que después los inventó.

—*Quiubo*, Juanito —me dijo el Patrón.

—Sí, don Eugenio —le respondí—. ¿Qué se le ofrece?

—Juanito, necesito que me haga un gran favor. —Hubo una densa pausa—. ¿Tiene disponible mañana temprano?

—¿Muy temprano?

—Sí —asintió el Patrón, y agregó—. Antes de las ocho.

Pensé con rapidez en todas las cosas que debía efectuar durante la madrugada del lunes: revisar el nivel de agua en los estanques, energizar todos los sistemas, encender la caldera, activar el silbato a las siete y media, abrir todas las puertas y permitir el ingreso del personal de la fábrica y de las oficinas. Eran muchas cosas.

—Puedo arreglármelas —le dije—. Le avisaré a Jalisco para que me secunde... Y, en caso que ocurra algún imprevisto, también le avisaré a Romero.

—Perfecto, Juanito —asintió el Patrón—. Necesito que lleve a una de las hijas de mi señora al colegio.

Pensé en la señora Celia Marcela y en todos sus hijos; los del actual matrimonio y los del anterior, junto al afamado político... el mismo que años más tarde caería en desgracia.

—¿Y los demás niños? —le pregunté. Yo no deseaba dejar cabos sueltos ni encontrarme con sorpresas de última hora.

—A ellos los puedo repartir yo —me dijo—. El colegio de la Carolita me queda muy a trasmano.

—Bien, don Eugenio —asentí finalmente: nunca era bueno contrariar al Patrón—. Estaré en su casa a la hora que usted me indique.

Enseguida, don Eugenio me indicó la hora de ingreso de la Carolita y las señas del colegio. Todo con lujo de detalles.

Al día siguiente, muy temprano por la mañana y después de indicarle por escrito a Jalisco todas las tareas a realizar, enfilé el vehículo hacia la casa del Patrón y llegué puntual. El portón estaba abierto e ingresé de inmediato a la mansión de la calle Burgos.

La asesora del hogar, en ese tiempo no se llamaban *nanas*, me observó desde la entrada principal e ingresó para avisarle a la Carolita que yo había llegado. Al parecer, el Patrón se había marchado minutos previos con el resto de la tribu.

Diez minutos más tarde, la Carolita salió como una exhalación desde la casona e ingresó con rapidez a la parte trasera del vehículo, cerrando de inmediato la puerta sin suavidad alguna.

—Hola, Juanito —me dijo, mientras acomodaba su enorme bolso deportivo junto a ella—. Ya estoy lista.

—Bien me parece —le dije. Y de inmediato enfilamos hacia el colegio.

En el trayecto ella me informó que mi labor se extendería durante toda la semana en curso.

—¿Y qué sucedió con Raúl? —le pregunté. Raúl era el chofer exclusivo del Patrón para los asuntos de índole doméstica.

—Está de vacaciones —me dijo la Carolita. Después me enteré que éstas eran vacaciones indefinidas.

—Es raro —le dije.

—¿Por qué? —preguntó la muchacha, entre ingenua y divertida.

—Porque recién está comenzando la temporada escolar —agregué enseguida—, y es cuando más trabajo hay.

—Así es la vida, Juanito.

Pero no llegamos al colegio.

—¿Juanito? —Ella se veía algo complicada.

—Sí, Carolita —le dije. Estábamos detenidos en un semáforo, a unas tres cuadras del colegio.

—Antes del colegio debo ir a otra parte.

—¿Adónde? —le pregunté. Yo estaba en verdad sorprendido. El Patrón no me había dicho nada al respecto.

—¿Puedo confiar en usted?

—Por supuesto, Carolita —asentí de inmediato—. Usted ya lo sabe.

La Carolita efectuó una breve y angelical sonrisa, enseñándome enseguida el rústico bosquejo de un plano.

—Debe seguir por aquí, doblar por acá —me dijo entusiasta—, seguir por esta otra calle hasta el final, doblar hacia allá y seguir derecho hasta este lugar —concluyó.

—¿Está todo bien? —le pregunté, mirándola por el espejo retrovisor mientras lo ajustaba.

—Sí, Juanito —me respondió—. No se preocupe.

Cambió la luz del semáforo, y de inmediato puse en marcha el vehículo según la nueva ruta indicada por la Carolita.

Acto seguido, según pude observar fugazmente a través del espejo, ella miró ansiosa en todas direcciones antes de abrir su bolso deportivo. Las calles estaban desiertas, como a menudo suele ocurrir por las mañanas en algunos sectores del Barrio Alto, del antiguo Barrio Alto. Enseguida, despreocupándose del exterior y de lo que yo pudiera observar, comenzó a despojarse con inusitada rapidez del tradicional uniforme del colegio. Pero el proceso no concluyó allí: después siguió con la ropa interior hasta quedar, según un fugaz destello que observé al doblar en una esquina, completamente desnuda. Después comenzó a colocarse una ropa interior mucho más *sexy*, de color negro, de esas que usan algunas mujeres en los momentos íntimos para engatusar a los hombres; concluyendo con unos *jeans* muy ajustados, una blusa demasiado escotada y un suéter de color malva. A continuación, luego de guardar con premura el uniforme dentro de su bolso deportivo, comenzó la sesión de maquillaje aplicándose colorete en las mejillas, rímel en las pestañas, *rouge* en los labios y alguna que otra cosa que no logré advertir. También uno de esos perfumes exclusivos cuyo aroma nunca pasa inadvertido. Las uñas las traía ya pintadas de un rosa pálido.

—Ya estamos llegando —le avisé.

—Bien, Juanito —me dijo la Carolita—. Ya estoy casi lista.

De inmediato se colocó una pulsera dorada en la muñeca derecha, un collar de oro con una cruz al cuello y, como clásico distintivo, los infaltables aritos de perla en las orejas. Ahora nadie sospecharía que la Carolita era una colegiala de tan sólo dieciséis o diecisiete años *haciendo la cimarra*.

—Estaciónese allí, Juanito —ella me señaló la entrada a un moderno edificio de muchos pisos, demasiados para contarlos a la rápida, rodeado de impresionantes y exóticos jardines.

Detuve el motor y me volví para observarla.

—¿Carolita?

—Sí, Juanito.

—¿Debo esperarla?

—No, Juanito —me respondió—. No se preocupe...

Y enseguida agregó:

—Cuando termine aquí, me iré derechito al colegio.

Yo tenía mis dudas y ella pareció notarlo.

—No se preocupe, Juanito —me dijo—. Yo sé muy bien lo que hago.

Era evidente que alguien, alguien que tal vez sólo ella conocía, la estaba esperando en uno de aquellos lujosos apartamentos, y también que no era vez primera que la Carolita ejecutaba tal rutina. Quizás Raúl intentó aprovecharse de la situación, es muy posible que haya sido así, terminando luego de patitas en la calle.

Ambos descendimos del vehículo. Ahora notaba que ella también se había cambiado los zapatos y los calcetines. La ayudé a sacar su bolso desde el interior.

—Estaré bien, Juanito —me dijo finalmente, y me dio un sonriente beso en la mejilla. Un beso cuya impronta psicológica tardaría mucho tiempo en desaparecer, mucho más que el *rouge*.

Enseguida, agitando su mano a modo de sensual despedida, la Carolita enfiló sus pasos en dirección a la entrada del edifico, cimbrando sus caderas con la seguridad de alguien que en efecto sabe muy bien lo que está haciendo.

Alguna vez leí que a los nobles y aristócratas de antaño no les importaba empilucharse ante sus sirvientes y esclavos porque, a fin de cuentas, no los consideraban seres humanos. No obstante, no sé si este sería un caso similar o el simple capricho de una niña malcriada dominada por las circunstancias. En realidad, no lo sé. Por lo menos, en mis casi sesenta y cinco años de vida, yo estaba a punto de jubilar en esos meses, nunca me había tocado ver algo parecido.

Los siguientes cuatro días fueron normales y la Carolita, vestida siempre con su flamante e inmaculado uniforme, se fue directamente a su empingorotado colegio. No había duda alguna en que ella estaba involucrada en una aventura amorosa con alguien mucho mayor, o quizás en algo todavía más turbio que eso. Simplemente, no lo sé. Pero, al verla con sus aritos de perla, nadie pondría jamás en duda que ella era una *niña bien…*

Felis domesticus

Yo creo en la conspiración gatuna. Ellos siempre están allí, observándonos, recopilando datos, calculando… ¿Qué es lo que calculan? Ningún humano puede saberlo ni podría entenderlo. Sólo sabemos que los gatos están allí, esperando el momento propicio, siempre…

Sin ir muy lejos, ayer mismo uno de aquellos felinos se cruzó en mi camino. Yo caminaba tranquilo de regreso a mi guarida cuando una extraña sensación, la de ser observado en forma furtiva, se apoderó de mi espíritu. Miré a diestra y siniestra, pero no encontré al observador. Y allí estuvo mi error: el mundo en el que nos movemos a diario es demasiado bidimensional. Vivimos en un mundo plano. Ni siquiera observamos los edificios ni los árboles, nada que esté por sobre nuestra altura parece importarnos; quizás sólo sea un mecanismo de defensa de nuestro atribulado cerebro para no sentirnos más pequeños de lo que en realidad ya somos. Todo es posible en estos tiempos, incluso aquello.

Pero los gatos son diferentes, muy diferentes; y, sin saberlo, uno de ellos me observaba desde las alturas.

De pronto, cuando decidí proseguir una vez más mi camino, desentendiéndome de aquella extraña sensación, el gato abandonó su invisible refugio y saltó desde la cornisa, cayendo a un par de metros delante mío. Un palpitante corazón casi escapó de mi pecho debido a lo imprevisto del suceso. No era para menos. El gato, de lustroso pelaje negro, comenzó a caminar como si nada, sin mirarme siquiera, bamboleando su esbelto cuerpo y moviendo su inhiesta cola como si ésta tuviese vida propia, o fuese un simple detector de las vibraciones moleculares ocurrentes a su alrededor.

Sin dejar de lado la cautela, continué caminando y mirando de vez en cuando los movimientos del felino. Indiferente ante mi presencia, el gato comenzó a rezagarse y, de improviso, se cruzó delante mío para escabullirse hacia el interior de un antejardín.

Nunca he sido supersticioso. Sin embargo, en aquel instante me detuve con inusual brusquedad, desanduve algunos pasos y, observando en todas direcciones, crucé hacia la vereda de enfrente. Todo sin cruzar en momento alguno la trayectoria seguida instantes previos por el gato.

Luego, con los pies bien puestos sobre la vereda de concreto, observé hacia el antejardín donde el felino se había ocultado: sólo me pareció detectar dos almendrados ojos amarillos que refulgían tras la sombra de un denso matorral, observándome. Sin embargo, si hubiese pensado en forma tridimensional, habría visto al segundo gato: el que se quedó sobre la cornisa observando mi reacción y recopilando datos. El gato negro sólo había sido el señuelo, la carne de cañón, para observar mi comportamiento y, en estricto rigor, detectar mis debilidades.

Recuerdo un hecho que alguna vez me contó mi papá respecto al abuelo, su padre.

En cierta ocasión, mientras el abuelo tomaba el fresco en el patio interior de la casona familiar, Cuchi-Cuchi se le acercó sigilosamente y permaneció observándolo durante un buen rato, estudiándolo, quizás esperando una invitación que no tardó en manifestarse. Mi abuelo estaba descansando sobre una silla de reposo, de aquellas que pueden inclinar su respaldo a voluntad, leyendo una partitura.

De pronto, quizá al sentirse observado, advirtió la presencia del felino; y, mediante un claro gesto, lo invitó a subirse sobre él. El gato, en aquel momento agazapado sobre una baranda cercana, partió de inmediato y brincó sobre el regazo de mi abuelo; y él, quizás como un acto reflejo, comenzó a acariciarlo. Al abuelo le agradaban los gatos y los perros, sin distinción. Y el felino, un clásico romano de esos que ahora casi no se ven, comenzó a reaccionar como a menudo ellos lo hacen: se dejó querer, ronroneó, movió un poco su cola y comenzó a amasar sobre su pecho hasta que el abuelo, despreocupándose de su presencia, comenzó a revisar una vez más la partitura que tenía entre sus manos. Y fue en este momento preciso cuando, sin que nada lo provocara, el gato saltó hacia su cuello y, con las afiladas garras en clara posición ofensiva, intentó aferrarse a su yugular con el claro y más oscuro de los propósitos. La reacción del abuelo fue felina, digámoslo así para ejemplificar, desembarazándose de inmediato de su atacante que, ante tal reacción, sólo atinó a darse a la fuga en forma inmediata.

Cuchi-Cuchi nunca regresó a la casa, mucho menos se disculpó con quienes un día lo cobijaron; pero mi papá lo vio unas cuantas veces atisbando en las cercanías de su hogar, y también deslizándose a hurtadillas entre los techos de los vecinos.

Ahora sospecho que algún otro gato estaba observándolo todo, a fin de recopilar tan valiosa información. Estoy seguro que así debió ocurrir.

Además, también está la historia de la Loca de los Gatos. Una historia que quedó en el inconsciente colectivo y que todos, aunque sin precisar dónde ocurrieron los hechos, han escuchado alguna vez.

A fines de los sesentas, cuando todos hablaban del amor libre, las drogas psicodélicas y otras hierbas por el estilo, ocurrió un hecho muy peculiar en una casa quinta cercana a mi domicilio en Quilpué. En dicha casa, que siempre observé muy descuidada, vivía una anciana que, con el pasar de los años, se fue volviendo cada vez más huraña: nunca conversaba con los vecinos, ni siquiera los saludaba. Y rara vez alguien la vio caminando por la calle, o comprando en el almacén de los italianos de la esquina.

Al poco tiempo de enviudar en extrañas circunstancias, su casa comenzó a llenarse de gatos, muchos de ellos, y ella los cuidaba y alimentaba a todos. Nadie supo cómo logro reunir tantos gatos, pero lo cierto es que ella lo hizo. Y, al mismo tiempo, su vida comenzó a apagarse en forma paulatina.

Además, ante la vista impávida de sus vecinos, los árboles y arbustos se fueron secando uno tras otro; y la erosión comenzó a impregnarlo todo. También los antiguos amigos y conocidos del matrimonio, que sin duda pertenecían a una antigua aristocracia muy venida a menos, se alejaron en forma definitiva de aquella anciana.

Hasta que un día ocurrió lo inevitable. Lo que todos, de una u otra forma, sospechaban que un día ocurriría. Según la información oficial, la anciana fue víctima de un paro cardiorrespiratorio, falleciendo casi de inmediato. Sin duda, un hecho muy común entre los ancianos que a menudo, incluso hoy en día, son abandonados a su suerte. Lo diferente fue que, al momento de encontrarla, su cadáver estaba parcialmente devorado por los felinos que ella siempre protegió.

No obstante, la información oficiosa decía que algunos huesos mostraban clara evidencia de haber sido masticados cuando la anciana todavía permanecía con vida. Y eso fue lo más terrible de todo. Tan terrible que muy pronto el manto del olvido lo cubrió casi por completo.

Es indudable que podrían gastarse muchas páginas relatando todos y cada uno de los sucesos de los cuales, presencial o no, he sido testigo. Pero aquella no es la idea.

Para mí todo comenzó desde muy pequeño. En mi casa siempre hubo gatos, varios de ellos, y sin duda yo los adoraba. Incluso al punto que algunos de ellos, durante las tardes, solían enroscarse y dormir despreocupados sobre mi cama.

Pero un día todo comenzó a cambiar, poco a poco, desde que me hice cargo de la caja de arena donde ellos hacían sus necesidades. Primero, sin razón aparente, comenzaron a evitar mi contacto directo; luego, mi cercanía. Finalmente, mi presencia visual. Y yo, estoico como siempre, continué encargándome de sus necesidades más básicas sin comprender la razón de tal distanciamiento. Además, más de alguien me consoló diciéndome que los gatos eran así.

Hasta que un día lo supe: ellos me consideraban un paria, un descastado, un sujeto sólo apto para manejar tal tipo de residuos fisiológicos e inmundicias; y, por lo mismo, debían evitar cualquier clase de contacto conmigo. Sus reglas de comportamiento así lo estipulaban. Mi certeza es absoluta. Lo confirmaron las voces internas que un día comencé a escuchar una y otra vez, sin interrupción, cuando sabía que algún felino rondaba en las cercanías. Las mismas voces que una y otra vez hablaban del Plan, del Plan Maestro para adueñarse del mundo e instaurar el Nuevo Orden.

Un nuevo orden en el que los humanos seríamos tan sólo la servidumbre, los pusilánimes que se encargarían de todas las labores puercas en beneficio de los nuevos amos y señores del Tercer Planeta. Y, de una u otra forma, ellos han estado manipulando a los títeres que uno tras otro nos gobiernan. Porque, al parecer, estos felinos llegaron de alguna otra parte del cosmos. Y son telépatas, quizás parte de una gran mente colectiva. ¡Vaya uno a saber! Una mente fría y cruel, de inverosímil tamaño e incapaz de sentir un mínimo atisbo de piedad.

Algunos años más tarde, mucho tiempo después que dejara de hacerme cargo del aseo, ellos dejaron de evitarme. Sin embargo, hasta el día de hoy, las voces las sigo escuchando de vez en cuando.

A fin de cuentas, a pesar de todo el esfuerzo desplegado por la comunidad científica, todavía ignoramos la procedencia del gato doméstico. Mucho se ha investigado, pero lo cierto es que cada nuevo estudio desmiente al anterior.

Ahora dicen los científicos que el gato doméstico convive con los seres humanos desde hace casi diez mil años. Sin embargo, algunos escritos seudocientíficos estipulaban que el gato doméstico apareció de improviso, algo así como de un día para otro. Un hecho muy similar al misterio sobre la aparición del trigo que, a fin de cuentas, indujo al hombre a vivir en comunidades de mayor envergadura que un simple grupo de recolectores. Además, según recientes estudios genéticos, se ha comprobado que todos los gatos que hay en la Tierra descienden tan sólo de cinco gatas salvajes del Medio Oriente. Y eso no deja tampoco de ser extraño, muy extraño.

Empero, lo más extraño y perturbador de todo es lo que especulan algunos *conspiranoicos*: que los gatos domésticos son portadores, en su materia fecal, de un misterioso parásito unicelular que sólo afecta a los seres humanos, manipulando sus mentes hasta el punto de llevarlos a la locura o a la muerte.

Y esto da mucho para pensar.

¿Qué pasaría el día de mañana si esto último fuese en realidad cierto?

En todo caso, tomándome a mí como ejemplo, sospecho que lo del parásito unicelular puede ser una exageración de alguna mente afiebrada. Doy fe de aquello pues, a lo largo de toda mi vida, mi salud siempre ha sido perfecta.

En este momento, por ejemplo, me encuentro más sano que un gusano; limitándome sólo a relatar algunos hechos irrefutables.

Es posible que algún lector crea, basándose en sus experiencias previas o en lo que algunos denominan el sentido común, que todo esto no son más que alucinaciones personales y que mi mente está desquiciada. Pero no es así, puedo asegurar que no es así; incluso jurarlo ante quien sea. Todo lo expuesto aquí es la pura y santa verdad. Nada más y nada menos. Y lo único que espero es que este manuscrito salga muy pronto a la luz pública, difundiéndose luego por todo el orbe.

Ahora me encuentro escondido, por voluntad propia, en el entretecho de mi casa. De la que fue mi casa y que, de un día para otro, me fue arrebatada. Siempre he pagado todas mis cuentas y nunca he solicitado préstamos. Mi hoja de conducta es intachable. De eso estoy seguro, muy seguro. Empero, algo ocurrió…, algo se traspapeló, aquí y más allá, como dicen a menudo los leguleyos para justificar su falta de oficio, hasta que terminaron expulsándome de mi propio hogar sin miramiento alguno.

Hace un par de semanas, poco antes de instalarme en este lugar de donde rara vez salgo, tuve pleno acceso a un diario de vida. Pero no fue a uno cualquiera, sino al diario personal de un gato. Más bien a un fragmento del mismo que alguien de mucha sensibilidad, quizás en un estado de trance alcanzado gracias a las esporas de algún tipo de hongo alucinógeno, tradujo casi a la perfección a nuestro idioma; publicándolo luego en forma anónima en la Red. Y en este fragmento se desnuda a la perfección el raciocinio de estos felinos, junto a la paranoia y la maldad en sus estados más puros; y que, tarde o temprano, terminará con todo lo que nosotros...

¡Miau!

¿Qué fue eso?

¡Miau!

¡No puede ser! ¡Me han encontrado estos malditos!

¡Zronck!

Una escalera. Han puesto una escalera en el acceso al entretecho y veo a dos energúmenos vestidos de blanco que comienzan a subir. Uno de ellos trae bajo el brazo una camisa de fuerza de mi talla. Sí, es de mi talla. Y el otro trae una pistola de electrochoques, de aquellas que utilizan los policías gringos. También alcanzo a divisar un vehículo estacionado frente a la casa, uno que se parece mucho a los que utilizan para el transporte de sujetos insan...

¡Demonios!

¡Estoy perdido!

¡Van a encerrarme una vez más junto a todos esos locos de remate!

De seguro que ellos dirán que estoy paranoico, después me encerrarán e inyectarán drogas experimentales reñidas con la ética; y esta vez mis huesos se pudrirán en el Manicomio Empresarial, junto a los de Edmundo Dantès, Napoleón Bonaparte y Carlos Conca.

Esconderé este manuscrito en un lugar seguro y espero que alguien, alguien que tenga verdadera sangre en sus venas, lo encuentre un día de estos y lo haga público... Por el bien de la humanidad, ¡espero que así sea!

¡Miau!

¡Y los gatos, una vez más, han dado la voz de alarma!

¡Malditos!

No me queda más opción que seguir aferrándome a mis creencias que, de una u otra forma, a los felinos les impide sugestionar de algún modo mi mente con sus intrincadas y perversas ideas.

Yo creo en la conspiración gatuna. Ellos siempre están allí, observándonos, recopilando datos, calculando... ¿Qué es lo que calculan? Ningún humano puede saberlo ni podría entenderlo. Sólo sabemos que los gatos están allí, esperando el momento propicio, siempre...

Yo creo en la conspiración gatuna. Ellos siempre están allí, observándonos, recopilando datos, calculando... ¿Qué es lo que calculan? Ningún humano puede saberlo ni podría entenderlo. Sólo sabemos que los gatos están allí, esperando el momento propicio, siempre...

Yo creo en la conspiración gatuna...

El experimento

E l pequeño niño patoso se acercó con lentitud a la empingorotada señora de cabello teñido, estiró uno de sus bracitos y, tirándole del suéter con suavidad, dijo algo ininteligible.

—¿Qué cosa, niño? —preguntó la señora, y agregó—. No te entiendo.

El niño parecía algo confuso. Su vestimenta era al más puro estilo «retro».

—¿Me puede decir la fecha? —repitió, midiendo y modulando muy bien cada una de sus palabras.

—¿No la sabes? —preguntó la señora.

El niño negó con un tímido gesto.

—Por supuesto —dijo la señora—, estamos a cinco de diciembre.

—¿De cuál año? —El niño ahora se veía algo más sonrosado. Al parecer, el aire matutino lo estaba reanimando con rapidez.

La señora dudó un instante. Y pensó en una tomadura de pelo. Algunos niños sólo se dedicaban a eso, a incomodar a sus mayores. También podría ser una cámara escondida, o que el mocoso estuviese simplemente drogado. Enseguida, observó una vez más al pequeño y, al verlo tan solo e indefenso, le respondió sin increparlo siquiera.

—Del dos mil quince —dijo, y enarcó una ceja.

—¿Dos mil quince? —repitió el niño, asombrado.

La señora asintió con un gesto.

—Resultó —dijo el niño, tragando un poco de saliva.

La mujer lo miró extrañada.

—¿Qué cosa? —preguntó intrigada, observando a diestra y siniestra en busca de algo inusual—. ¿Qué cosa resultó?

Pero el niño, retirándose un par de pasos, no respondió. Era casi evidente que un raudal de pensamientos y emociones lo atosigaba.

—¡Resultó! —gritó el niño, radiante de felicidad, poco antes de salir corriendo como alma que lleva el Diablo—. ¡Resultó, Abuelo! ¡Resultó!

A unos veinte o treinta metros lo esperaba un anciano, de gruesos lentes e inmaculado delantal blanco, que apenas podía mantenerse en pie. Y ambos se fundieron en un abrazo incomprensible.

El clásico

Dedicado a Miguel González S-M.

Para los aficionados al fútbol, los fines de semana eran muy simples: sólo debían sintonizar su emisora preferida, ya fuese por sus preferencias de equipo o de locutores, y dejarla transmitiendo en forma casi continua. Toda la información que ellos requerían estaba allí, desplegándose a través del ficticio éter. Y tal rutina era sagrada.

Sagrada y entretenida; no importándoles en absoluto que los demás se burlaran de los cabezas de pelota y de sus ridículas costumbres.

Sin embargo, desde que don Choco Panda resolvió crear el Canal del Fútbol, un lucrativo negocio que muy pronto se le escapó de las manos, todo había cambiado. La televisión de señal abierta, al igual que otros medios de comunicación, se vio restringida en su acceso a los estadios; y los goles, la máxima emoción del fútbol, de un día para otro dejaron de ser del dominio público. Además, los partidos de los equipos más populares, no siempre los mejores, comenzaron a ser transmitidos en vivo y en directo a través de este canal privado. Por lo mismo, para muchos de los fanáticos futboleros, los de mayor poder adquisitivo, la clásica radio a transistores pasó muy pronto casi al olvido; junto al casete, los discos de vinilo y las cintas de vídeo.

Durante la tarde de un domingo muy especial, mientras el Lucho intentaba dominar una reluciente pelota de plástico, la misma que le había regalado su papá esa misma mañana, quizá esperando que su hijo desarrollara en forma repentina todo ese talento innato que debía permanecer escondido en algún sitio, una mujer desgreñada abrió con cierta dificultad la puerta de su hogar y, secándose las manos en su descolorido delantal, gritó sin pudor hacia el exterior:

—¡Luuuuucho!

El Lucho se detuvo en seco, aferrando la pelota con ambas manos, y observó ansioso hacia la puerta de su casa.

—¡Parece que van a transmitir el clásico por la tele! —informó la mujer.

El Lucho, ni tonto ni perezoso, dejó botando la pelota en el aquel mismo sitio, dando inicio de inmediato a una improvisada carrera con obstáculos a fin de encuevarse en su casa. Era indudable que tal oportunidad había que aprovecharla, en especial ahora que la televisión se transmitía en alta definición. Y, además, no había que olvidar que se trataba del clásico. Quizá el partido más esperado del año, sin importar la calidad de los jugadores ni las paupérrimas campañas de ambos equipos. Un clásico siempre era un clásico.

Al llegar a la puerta, recordando su pelota de plástico, le dijo a su hermana que, en aquel momento, sobre un asiento de tronco peinaba su muñeca de trapo:

—¡Cuídamela! —Y, autoritario, señaló la pelota con una de sus manos.

A continuación, ya en el interior de su mediagua y con el corazón brincando dentro de su pecho, esquivó las sillas y la mesa del comedor, saltó por sobre la cama del fondo y, descorriendo de un solo tirón la cortina separadora de ambientes a fin de no perder un segundo, se metió derechito en la inconclusa ampliación, la que todavía estaba recubierta de plástico en su exterior y que colindaba con sus opulentos vecinos, los del otro equipo, escurriéndose bajo los restos de un andamio casero. Detuvo en seco su carrera, observando la muralla y su entorno más inmediato. Su hermano mayor y su papá ya estaban instalados en las mejores ubicaciones, esperando con ansias el pitazo inicial del árbitro saquero que daría por iniciado el partido.

Enseguida, sin molestarse siquiera por no haber ganado la opción de escoger un mejor lugar, el Lucho colocó su diestra oreja sobre la muralla de frágiles tablas y una espontánea sonrisa de satisfacción comenzó a emerger desde su rostro: el clásico recién estaba comenzando. Y él se veía a sí mismo sentado en las graderías del nuevo estadio, justo en medio de la barra del equipo de sus amores, dispuesto a observar todas y cada una de las jugadas con indudable entusiasmo.

Disfraz

*E*l famoso Zurcidor Japonés era chino.

El Cumbanchero

*E*ran los años en que la idea de las protestas
sociales comenzaba poco a poco a fraguarse en
el inconsciente colectivo nacional, cuando los
añorados e idealizados partidos políticos de antaño,
proscritos por la dictadura entonces vigente, hacían su
mejor esfuerzo en las bases, adoctrinando y trabajando
en pequeños grupos; y el Canto Nuevo, más poético
que panfletario, comenzaba a posicionarse con lentitud
como la tendencia preferida entre la juventud
universitaria... al margen de la música oficialista
saturada ya de iconos retrógrados e insulsos. Sin duda,
era el momento de la música de guitarras y zampoñas,
de charangos y quenas. Y también fue la época en que
conocí a Ximena Espinoza.

Estaba en mi segundo año de universidad y un
horizonte distinto se abría frente a mis sentidos. Antes
de ingresar a ésta, mi percepción del mundo sólo
consistía en los viajes de la casa al colegio y del colegio
a la casa. Nada más. Sin embargo, ahora todo era
diferente, muy diferente. Las ideas volaban en todas

direcciones, chocando entre sí, entremezclándose, anulándose, potenciándose o simplemente sumándose; y, por lo mismo, mi aprehensión de la realidad comenzó paulatinamente a cambiar. Al margen de dicho cambio, dos de mis mejores amigos en el colegio, Rodrigo y Jorge, también eran compañeros míos en la universidad, y aquello siempre es bueno al momento, entre otras cosas, de conocer gente nueva. Por su parte, Ximena había ingresado a la universidad un año después que yo. Nada muy espectacular si consideramos que en dicha época, cuando apenas debutaba la nueva ley de financiamiento universitario, que se volvería aún más cruel unos diez años más tarde con la llegada de la nueva democracia, todavía ingresaban más de ochocientos alumnos por año al plan común de las carreras de ingeniería.

Pero ambos habíamos ingresado y eso era lo importante porque, de hecho y sin darnos cuenta, son situaciones así de simples las que nos modelan día tras día y, para bien o para mal, nos transforman en lo que más tarde somos.

De cuerpo menudo y cabello castaño claro, intentaba a todas luces no sobresalir dentro de un ambiente plagado de hombres que no sólo iban a estudiar a la universidad. Por lo mismo, nunca modificó su vestuario o maquillaje para sacar provecho de sus atributos físicos o estéticos en tiempos de evaluaciones, como a menudo efectuaban otras muchachas más desinhibidas y, porqué no decirlo, más desvergonzadas. Así era ella, tímida y algo retraída. Una característica que, sin embargo, no le impidió hacer nuevas amistades.

Una de aquellas amistades fue Victoria Hernández que, a su vez y por algún motivo que hasta el día de hoy desconozco, había hecho muy buenas migas con mi amigo Jorge. Por lo mismo, existía un vínculo que me permitiría verla de vez en cuando sin aparentar demasiada insistencia. Y, aunque nunca fuimos amigos, entre nosotros siempre hubo un trato cordial. Eran otros tiempos, y la dinámica en las relaciones interpersonales era mucho más lenta y compleja de lo que hoy en día se acostumbra.

Hasta cierto punto y sin rodeos, puesto que en aquella época ambos éramos muy jóvenes, no es extraño que me haya sentido un poco atraído por ella. Cuando el aura de la juventud nos envuelve, eso pasa muy a menudo… a veces demasiado. Sin embargo, era el momento de conocer el mundo que me rodeaba y no de enfrascarme en amores platónicos. Además, entre otras cosas, también había que estudiar.

En cierta ocasión, después de una estresante semana de evaluaciones en diversos ramos, me reuní con otros dos amigos para conversar sobre la vida, el universo y todo lo demás.

—¿Qué pasa? —pregunté de pronto, al notar una leve tensión en el aire.

—Con Rolando habíamos pensado distraernos un poco —respondió Hugo, uno de mis nuevos amigos. A Rolando lo conocía desde el colegio aunque, si bien es cierto, en aquella época todavía no éramos amigos.

Mi rostro reflejó extrañeza.

—Pensábamos ir a un «Café» —agregó Rolando.

—¿Un Café? —pregunté. Había escuchado que, en algunos de éstos, un comediante o humorista presentaba un monólogo o algo así para entretener a los asistentes. Sin embargo, nunca había asistido a tal tipo de espectáculos.

—Sí —asintió Hugo—. Tomamos algo..., vemos el espectáculo... Nada muy fuera de lo común... Sólo nos quedamos un rato..., digo..., para distraer la mente...

—¿Quieres ir? —me preguntó Rolando.

—¿Cuándo?

—Ahora —respondió Hugo y, observando su reloj, rectificó de inmediato—. En una media hora más.

—Bueno —asentí, quizás no con el entusiasmo que ellos esperaban. Y una media hora más tarde nos encaminamos al paradero de microbuses más cercano y, después de unos cuantos minutos de espera, enfilamos nuestro rumbo hacia el centro neurálgico de la ciudad, muy cerca del tradicional palacio de gobierno.

Aunque no era demasiado tarde, estaba oscuro y las calles permanecían casi desiertas. Estábamos en pleno invierno, y aquello se notaba con creces. Nos adentramos por Teatinos hasta llegar a Compañía de Jesús, y seguimos por esta calle hasta encontrar el Café.

Era un *Café Topless...* uno de aquellos pequeños antros que, cual sutil grano de arena, intentaba a regañadientes resucitar la antigua bohemia capitalina.

Hugo fue el primero en ingresar. Rolando y yo lo esperamos en el exterior. Al cabo de uno o dos minutos, regresó.

—Primero hay que cancelar la entrada —dijo.

—¿Entrada? —preguntó Rolando, tragando saliva.

—Sí —asintió Hugo—. Es por el derecho a ingresar.

—Ya veo —asentí. Y entre los tres comenzamos a destilar los morlacos necesarios hasta reunir la cantidad requerida por la que, a fin de cuentas, también se incluía una *piscola* para cada uno de nosotros.

Después de cancelar el valor de la entrada, ingresamos a un segundo ambiente y desde ahí todo cambió. Lo primero novedoso fue recibir de pleno un par de bofetadas, una tras otra, en ambas mejillas. El aire estaba demasiado enrarecido y todo tipo de efluvios, cuales inquietas y curiosas dendritas etéreas, comenzaron a inspeccionarnos mientras avanzábamos hacia la barra que rodeaba el escenario.

En forma simultánea, mientras nuestros ojos intentaban adaptarse a la semioscuridad que nos envolvía, unos ruidosos acordes no identificables poco a poco se atenuaban en nuestros oídos. Y, en el preciso momento en que nos sentábamos a un costado de la barra oblonga, comenzaron a escucharse los primeros acordes de *El Cumbanchero*. Sin embargo, el espectáculo no consistía sólo en escuchar música.

De pronto, una delgada y pálida mano descorrió con rapidez una rústica cortina… y una bailarina, ataviada sólo con un escueto traje de baño y un pañuelo de seda adosado a sus caderas, comenzó su exótico y frenético baile recorriendo el lado interior de la barra. Después, al finalizar la segunda canción, ella se desprendió de su prenda superior y, casi al concluir la tercera, le tocó el turno a la inferior… quedando sólo con el pañuelo que, quizás con un breve atisbo de vergüenza, desplazaba con rapidez en torno a sus caderas. Luego, recogió las prendas dispersas en el escenario y se escurrió en forma sigilosa a través de la misma cortina por donde había ingresado minutos previos.

En algún momento, Hugo había ido a buscar nuestras burbujeantes *piscolas* a una barra anexa, ubicada a nuestras espaldas. Sin embargo, dada la impresión que aún nos envolvía, éstas permanecieron intactas sobre la barra durante algunos minutos.

—¿Qué tal? —preguntó de pronto Hugo.

Yo sólo sonreí y Rolando hizo lo propio. ¿Qué otra cosa podíamos hacer en tal circunstancia? Estábamos al interior del Inframundo y, de una u otra forma, las cosas había que aceptarlas tal como éstas se presentaban. Así eran las cosas. No obstante, la melodía de *El Cumbanchero* quedaría grabada en forma indeleble en alguna recóndita parte de mi cerebro. En esos años, los computadores todavía eran inmensos armatostes que ocupaban edificios enteros y la Internet, quizás la más económica y dinámica fuente de información, aún no existía como hoy en día. Por lo mismo, no fue sino hasta unos pocos años atrás que supe el nombre de aquella popular y antigua canción.

La segunda y tercera bailarinas efectuaron sus bailes al son de otras canciones tan festivas como la primera, cada una de ellas haciendo gala de sus atributos personales. La cuarta apareció por completo enfundada con un ajustado atuendo de plástico barato, quizá intentando emular a Grace Jones; además, para acentuar tal similitud, era acompañada por los acordes de *Libertango*. Durante su tercera canción, pareció obsesionarse con Rolando y le bailó sólo a él... incluso solicitando su presta ayuda para descorrer el cierre de su traje y así, de una vez por todas, desprenderse de éste y quedar en cueros.

La quinta bailarina ingresó al ritmo de una canción romántica interpretada por Miguel Bosè: *Linda*. Al parecer, su fuerte era la sensualidad y no el frenesí desplegado por las muchachas anteriores. No obstante, me sorprendió el notable parecido de ésta con Ximena. Es cierto que, en un país tan pequeño como el nuestro, los rasgos de las personas se repiten con mucha frecuencia. Y no sólo los rasgos, también los modales y las actitudes. Así lo he notado todas las veces en las que, por ejemplo, he regresado a la universidad para efectuar algún trámite o, simplemente, me he dedicado a observar a la gente que circula en algún sitio público. Además, para ser sincero, habían otros factores que sin duda influyeron en mi apreciación personal: el cansancio, la escasa visibilidad, la falta de oxígeno en el aire, los terribles efectos de la *piscola* en mi organismo, y la imagen de Ximena... de vez en cuando muy presente en mis pensamientos. Y como si esto fuese poco, esta bailarina sólo pasó una vez cerca de nosotros, dedicándole su baile casi en exclusiva a un sujeto algo borroso que estaba en el extremo más alejado de la barra.

Según mis difusos recuerdos, dicha bailarina era la más atractiva y, quizás por lo mismo, también fue el plato fuerte del *show*. Las otras eran sólo *galletas*. Ella se limitó a bailar dos canciones; y, al finalizar la primera, se retiró la parte superior de su verdosa tanga. Después, al término de la segunda, otra canción lenta de Miguel Bosè: *Te Amaré*, que también estaba de moda por aquellos días, se retiró la prenda inferior... retirándose enseguida con inusitada rapidez desde el escenario.

—Se parece a la Alejandra Vergara —me susurró Rolando.

—¿Eh? ¿Qué cosa? —Mi pensamiento estaba en otra parte, quizás muy distante de allí.

—Te digo que se parece a la Alejandra Vergara —repitió mi amigo, refiriéndose a una compañera que habíamos tenido durante el primer semestre en la universidad y que, por uno u otro motivo, había demostrado no tener dedos para el piano.

—¿Tú crees? —pregunté sorprendido.

Rolando sonrió.

—Debe estar ahorrando dinero para pagar la universidad —agregó con sorna. Y la conversación concluyó allí.

No obstante, aquello me hizo pensar. Alejandra tenía el rostro redondo y el de Ximena era más bien caucásico. Y de cuerpo, Alejandra era mucho más voluptuosa. Por lo mismo, a simple vista, en nada se parecían. Tampoco en personalidad. Ximena era tierna y dulce; en cambio, por lo poco que de ella recordaba, Alejandra era más bien huraña y algo tosca.

A veces uno ve lo que desea ver o, simplemente, lo que en realidad no desea.

Luego le tocó el turno a una o dos bailarinas más, no recuerdo bien. Tampoco recuerdo las canciones, a excepción de una muy pegajosa de Trini López: *América*. Mis pensamientos todavía permanecían muy alejados de aquel sitio.

Pero, después de ellas, apareció la misma muchacha del velo transparente al son de los primeros acordes de *El Cumbanchero*: el espectáculo era sin duda rotativo. Por lo mismo, nos miramos entre los tres, observamos nuestros vasos vacíos, quizá recordando al mismo tiempo la exigua calidad de la *piscola*, y resolvimos abandonar dicho antro antes de presenciar malas caras por nuestro bajo consumo. Debíamos regresar a nuestros hogares antes que el toque de queda nos alcanzara o, de lo contrario, permanecer en dicho recinto hasta que amaneciera. En primera instancia, no había dónde perderse: sólo Rolando poseía teléfono en su casa y yo no acostumbraba quedarme fuera. Además, según mi personal apreciación, ya lo habíamos visto todo.

Por lo mismo, llegamos y nos fuimos con la melodía de *El Cumbanchero* resonando en nuestros oídos.

Muchas veces nuestra mente juega con nosotros, invoca nuestros recuerdos y los proyecta en el presente, mezclándolos con la realidad... quizás como una actividad onírica consciente. No lo sé a ciencia cierta ni conozco los tecnicismos apropiados para explicarlo, sólo estoy especulando. Y nos cuestionamos todo, incluso nuestra presencia en tal o cual sitio. Sin embargo, aunque tal tipo de situaciones pueda por momentos desconcertarnos, incluso llevarnos a equivocaciones como un falso *déjà vu*, aquello no es tan sorprendente ni extraño.

Lo realmente sorprendente e impresionante ocurrió en la jornada siguiente. Desde ese día en particular, aunque en esa época de ingenuidad no comprendí el motivo de su cambio de conducta con la evidente claridad de hoy en día, Ximena Espinoza nunca más volvió a saludarme y siempre evitó mi presencia… incluso mi relativa cercanía. Por lo mismo, desde aquel preciso instante y hasta el día de hoy, el taladrante gusanillo de la duda nunca ha resuelto dejarme en paz.

Biografía del autor

E ric Adolfo nace en la ciudad de Valparaíso, Chile, a principios de los sesentas; y la primera parte de su infancia transcurre en la vecina comuna de Quilpué. Luego, junto a sus padres y hermana, se traslada a la capital donde efectúa todos sus estudios, incluidos los de Ingeniería Eléctrica. Fue en esta época tardía, a principios de los noventas, cuando descubre su pasión por la escritura. Por lo mismo, se inscribe en un Taller de Creación Literaria dictado por vez primera en la misma universidad. Y en 1992 participa con su primer cuento «*El Turista Ejemplar*» en el Concurso Literario María Luisa Bombal, obteniendo el Tercer Lugar; junto a una buena crítica de parte del jurado, a pesar de la simpleza del texto original. Luego, dos años más tarde, en el V Festival

Víctor Jara de Todas las Artes, gana idéntico lugar con el cuento «*Parpadeos Vitales*». Ha participado en forma esporádica en otros concursos, pero sin llegar una vez más a la cúspide. Ávido lector desde la adolescencia, un hábito inculcado en forma sabia por su madre, gana en dos ocasiones, 2005 y 2010, el Premio al Mejor Lector del Centro Bibliotecario de Puente Alto. Por esos años, también participa en otros dos o tres Talleres Literarios impartidos en aquel mismo centro cultural; el primero de ellos a manos del escritor Víctor Carvajal. Su formación científica lo ha llevado a incursionar, aunque no en forma exclusiva, en el género de la Ciencia Ficción y del Terror Fantástico. Eric Adolfo cree en la inspiración y se considera un adicto a la escritura, haciéndolo en forma casi continua desde 1994. Ha escrito más de doscientos cuentos, un número algo menor de microcuentos de cien palabras exactas, quizá inspirado en sus inicios por un conocido y esquivo concurso capitalino, y dos novelas; la primera, de corte juvenil, perdida a causa de una sorpresiva debacle computacional ocasionada por la presencia de un otrora destacado virus informático. En septiembre del 2014, intenta dejar las empalagosas sombras del anonimato y emerge desde el primigenio limo literario para publicar, en esta misma colección, su primera compilación de cuentos de Ciencia Ficción, Fantasía y Terror Gótico.

Tabla de Materias

Colofón

Este libro se imprimió mecánicamente, no sabemos dónde ni cuándo, por algún robot dedicado a la impresión bajo demanda. Por lo tanto, nos es imposible indicar cuántos ejemplares han sido producidos a la fecha ni cuántos lo serán en el futuro. Esperamos que se haya usado papel Bond blanco y una tapa de cartulina polilaminada a color, con una encuadernación rústica mediante *hotmelt*. Por lo menos estamos seguros de haber usado la tipografía *Book Antigua*, en varios tamaños y variantes, para la mayoría de su interior.

S

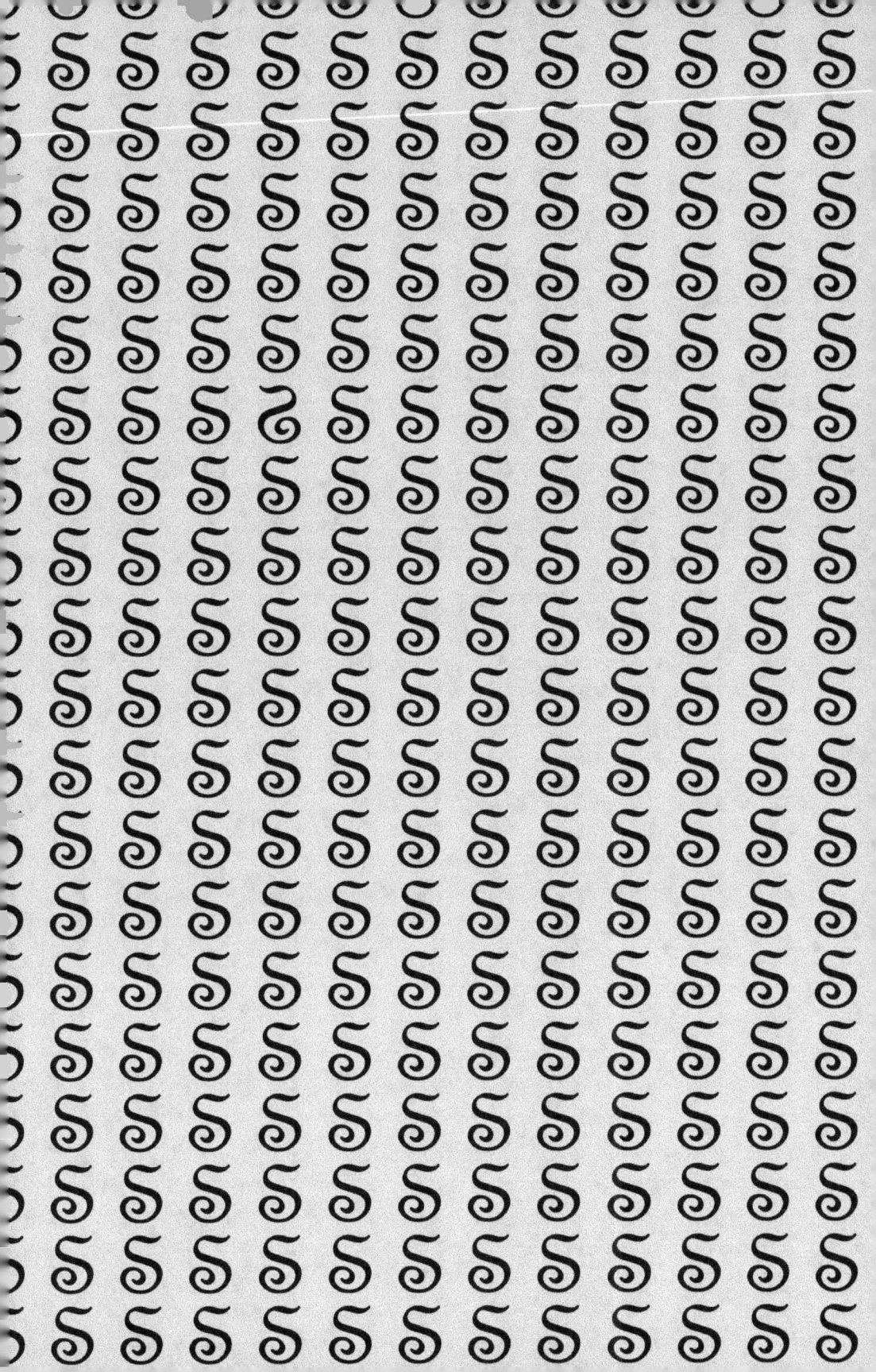